一勺粗盐

YISHAO CUYAN

谭电波 著

中国电影出版社
2024 · 北京

图书在版编目（CIP）数据

一勺粗盐 / 谭电波著. -- 北京：中国电影出版社，2024.3

ISBN 978-7-106-05588-2

Ⅰ. ①一… Ⅱ. ①谭… Ⅲ. ①诗集－中国－当代 Ⅳ. ①I227

中国国家版本馆 CIP 数据核字（2024）第 031562 号

责任编辑：张　霞
封面设计：云上雅集
责任校对：滕　森
责任印制：孙　杉

出版发行　中国电影出版社（北京北三环东路 22 号）　邮编：100013
电话：64296664（总编室）　　64216278（发行部）
64296742（读者服务部）　E-mail：cfpbjb@126.com
印　　刷　长沙市精宏印务有限公司
版　　次　2024 年 3 月第 1 版　2024 年 3 月湖南第 1 次印刷
开　　本　880mm × 1230mm　1/16
印　　张　19.5
字　　数　230 千字
定　　价　98.00 元

序：一粒想燃烧的炭

⊙梁尔源

也许人生是没有意义的，这是很多哲人名家得出的结论。但他们并不认为一切都是虚无，人在毫无意义的人生中去探索所谓的意义便有了意义。

面对渺小而环环紧扣的可悲的现状，可预见的凄然的宿命，有些人是不屈服的，想方设法去打破，为人类的福祉绘制崇高而美好的蓝图，为价值的衡量订立尺度，为存在的哲学订立法则，为人性中至美至圣的品质写下定义……这些人如同一堆堆燃烧的炭，不再冷漠、荒凉。这些激情点燃的炭噢，照亮自己，也照亮别处。

现实中，可悲的人们总是囿于自己渺小的愿望，梦想荒疏，吃饭，沉默，刻板地劳作，安逸中心满意足，时光从他们身边转瞬即逝，他们熟视无睹，他们自我陶醉，自誉人间隐士，一生蛰伏，不曾抬头过；也不曾为崇高而高歌，不曾为卑微生命蒙难而垂泪或奋起捍卫。扫雪门前，自顾不暇；游戏生活，游离责任和人性之外；投机取巧，没有激情，步步虚无，走完没有任何意义的人生。

当然，面对这没有意义的人生却不乏思想者，不乏振聋发聩的黄钟大吕之声，唤醒蒙昧；不乏震古烁今之言，以启蒙心智；不乏力挽狂澜之行，以作表率；不乏为公民道德树立典范者，为自然下定义，为人性下定义，为一切价值衡量立尺寸。然而，现实社会中的一些人，如枯叶，没有生机；如蝼蚁，蝇营狗苟；如井底之蛙，坐井观天。总之，没有灵魂或灵魂没有方向目标，在漂泊，漂浮不定。

偏偏这二者之间（见《万物都在修行》），鲜有人走中间路线，尽心尽力不负岁月时光。前者为伟人圣人所为，需要倾其一生奋力攀爬，摘取树顶上的苹果，但这可遇不可求；后者为芸芸众生，自愿沉沦，匍匐树下；而人生需要跳跃起来摘夺苹果，通过努力才能如愿，立志，跃身，持续跳起，这才是真正的现实的人生，这人才是想燃烧的炭。谭电波对春天一如既往地敏感，其诗心不老，却辛勤自强，笔耕不辍。其诗虽然主题不开阔，亦无横扫千军之势，也无飞扬跋扈之态。但拙朴，大气，有感而发，不做无病呻吟，也没有泛泛而谈，总能从自己的切身感悟出发，写出一点独特的意蕴（见《文字是糖》《我到底还是南橘北枳》），让人心有所动，从中体会出诗境，人生境界。

诗中，我在朦胧中认识了谭电波。他是一个敢于做梦的人——把生活、把人生、把生命梦化了，梦幻了，也梦寐了。他的梦当然大多是好的故事，充满了理想，很倜傥，也很浪漫（见《种下自己的庙宇》《春会来的》）。但梦中也不无感叹感慨和感喟，有时甚至是感伤，以致有泪珠为感叹号很悲凉地打在诗行之中，留下了梦痕。

诗歌是心灵的吟唱，悟道是相对的。是的，诗是一场优美的舞蹈，并没有前往何处的目的，而悟道是有目的，需要达到一定的境界。虽然我们每天都在悟，却所得甚微，何谈产出？谭电波的诗作却不同，深究悟理，娴熟于胸，得心应手；对草木虫鱼、万事万物感受真切，多元发散。同一场景，同一时间，同一风貌，他可以创作出不一样的风格和意境（见《自己的颜色》《石头很硬，硬不过流水》），让你在美的意境中获得不同的享受。

《一勺粗盐》是他近年创作的诗歌的汇集，是内心独白的记录，是他对生活、对思想、对社会的多重表达。他既塑造了自己的内心世界，又给读者创造了一个想象的世界，魅力无比；奢华无助意志的坚强，淡泊往往能炼就倔强。《爬山》《天地是个瓶》平凡中体现真挚，寂寞中绘制精华。看似是闲钓春风秋月，但灵魂深处却永远优美绽放。我很欣赏他们诗中那些富有哲理又饱含相思的句子。

诗或许就是一滴松油，有些妙思佳句走了进去，是偶得，亦是灵性的凝结！只有那些千锤百炼、清新脱俗的诗句，才有可能成为一朵永不凋零的春花，那其实也是身后事。（见《人间打捞风》)。我们说，人生中有些往事岁月无法带走，历经洗刷才越发清晰，刻在记忆中。只有不顾一切珍视真正的生活，不顾一切地爱上这伤痕累累的人世，不顾一切地爱上人生被掠夺的部分，不顾一切地生死守护着，然后才能把它们像“四瓣花开在人间”般带入永恒。

是为序!

(梁尔源系中国作协会员、中国诗歌学会副会长，湖南省诗歌学会创始会长。)

目录

第一辑　人间沉浮　灯火闲坐

第二辑　人间事倦闻　心印人间

第三辑　旅途漫漫一嗟叹

第四辑　心自禅　空梦自闲

第五辑　半居天上半人间

第六辑　靠谱　人生的最好名片

第七辑　乡愁剪不断　亲情最连心

第八辑　中医之美美天下

第一辑 DI-YIJI

人间沉浮　灯火闲坐

春是个道行很深的老者

今年的冬天
苍老得如一个灰暗的老人
除了没有满头白发
如同没有下雪
其他什么都没少

满脸的沧桑
掩盖不了一脸纵横僵硬的皱纹
如同雾霾掩埋不了一池残荷
落魄的还有，没神采的晃动的双眼
空洞地盯着，不远处的前方
当年的少年郎气息
吹得无踪无影，如同北风
吹熄了乡下几声昏鸦

春也是一个道行很深的老者
一股力量在隐隐地作响
在大地深处藏着
这个冬天，黎明前的黑夜
难道也是在这个春天里来临
那么，人们又何必焦虑
静静期待便可

你只是站在窗外

你只是站在窗外
何必忧郁，流泪

去乡溪饮马，旷野长风
肩挑日月，怀抱星辰
别在人来人往中寻觅
别在车水马龙中垂泪

只眼看
女人的伤春，男人的悲秋
有人怀抱岁月淡然微笑
有人回首岁月顾影号啕

清凉之月可涤人间之尘
宁静之处山河错落有致
人生只是人间的一场路过

人生只有三天
昨天，今天，明天
昨天很长，今天很短，明天未卜
不如拈花把酒尽余杯

睡好觉，给了好多的时间

为了更好地走好春夏秋
岁月安排，用冬天一季的时间睡觉
古人说那是冬藏
冬藏不是减法，是加法
为了成长，许多树木
一年必须抖落一次叶子
蛇、虾与万物，见与不见都是如此脱皮

人们睡觉如同冬藏，同样只是
更好地醒，与耳聪目明
这些还只是睡觉的附件
睡觉的正文是，给了我们好多的时间，自此
我们有了很多时间，与自己面对面坐下来认知彼此
从皮肤、头发、气息
慢慢深入，那样才能刻骨铭心
那样才能两不相忘
那样才能在某次走失后，再次将自己找回

我们有了很多时间，捡拾秋天掉落的枝叶
一直捡拾到来年的春天
或者注视一张网的织成
观望蜘蛛是怎样捕捞生活

我们有了很多时间，在风雪呼啸的晚上
抱着干燥、淡香的稻草冬眠
或者与家人闲坐，灯火可亲
我们有了很多时间，不需要关注某个特别的时日
或挤压在上班的人群中
感叹人生苦短与人间倏忽

我们可以一无所有，穷得只有时间
如虎头虎脑的少年，有无限个明天
花掉它时如暴发户那样奢侈，例如
花一春看彼岸花的草长莺飞
花一夏欣赏蚂蚁搬家
花一生来等待月亮的一次圆满
花一世来守候一只鸟对一棵树的承诺

我们的确有很多时间，用来跋涉
还有很多时间，荒野上
仰面任凭微风拂面，不纠结
风从来都是无始无终
只要你愿意呵
我们还可以点一堆篝火，在人世间的某处
比如心灵里，甚至睡梦中
晾干我们湿漉漉的衣服

一次睡觉，丈量了人间的所有美好
早上铃声响起，我睁开眼
心里忽然有了，不虚此生的喜悦

你也会在水一方

假如你不幸身披命运的硬壳
学学金蝉、种子
仍要认为自己还是这个无限宇宙的王
这个壳外，依然满天繁星
如冻结了的雨
这个壳，依然沾满了露珠，月光的清辉

你若没能及时走出来
姑且视这个壳为自己的世界吧
去热爱拥抱吧，这个壳
会给你火，给你飞萤，给你月亮与星星
然后坐在渡口的石阶上耐心地等待

时间会分叉地
通向无数个未来
那就勇敢地拿起断桨出发
彼岸蒹葭苍苍
风轻轻地飞扬，伊人往来
你也会在水一方

我想，所有能想象的美好
大抵就是这样

你一笑，我又见春风了

新年元旦，无雪，因此
没有了红泥火炉烹新茶
也不能邀君共饮一杯酒
我们相见
没有一场雪怎能足够

过去的一年
忧伤的故事太多
一年的足迹
如一条曲曲折折的山路缠绕
在千山万水之间
一年的呼吸
如一首忧伤的歌曲，飘荡
在一个个破碎的日子
我们驮着似黄昏的生命
战战兢兢走在不可预料的坎坷路上
生命真的是一件太易破碎的艺术品

今天，依然很冷
那让我捡拾些温暖的文字
燃心火以慰薄凉
当我打开一张白纸想写点什么

给你，也给我时
我呆呆地枯坐半晌
谁说白色只属于冬天
余生的空白
如同这张白纸
如同这空荡荡的半晌
就全都属于你

我还是规劝你
不念过去，不惧将来，不误当下
我们的职责是平整土地
而非焦虑时光
做好冬藏之事
来年的春天自有答案
来，笑一笑
你一笑，我又见春风了
祝你新年万事如意

自己的颜色

站在时间这棵大树下，枝密叶茂
树上挂满了生死，又有何妨
我依然画着轮回四季，却出卖着自己的岁月
树上挂满茬茬绿叶，与茬茬枯叶，又有何妨
我照样画着风花雪月，却出卖着自己的人生

阳光在叶缝中跳跃着，总有细碎的阳光能跳到地上
也有雨滴跟着跳下，雨是不大的，又有何妨
大树早已把阳光与雨这两根平行线
纠缠成一个圈，揉成一团
一个不冷不热的人间

我在树下，看着竖着走的雨与阳光
遮挡着横着走的风
读着几首唐诗宋词
闻着几枚诗词散发的清香，又有何妨
树上有没有浆果，有没有鸟鸣
绿叶会有的，枯叶会有的

我端坐下来，画着我的四季，写着我人间的风雨
活着不一定要鲜艳，但一定要有自己的颜色

每个人的花期不一样

一对双胞胎
二枚镍币

一枚崭新，耀眼
如桃花
推开门一见
如新婚女子，给你数不清的惊喜
聪明伶俐，墙上挂满了获奖证书
仿佛是别人家的孩子

另一枚陈旧，暗淡
如未挂花蕾的梅花树
被阴冷包裹着
木讷寡言，行动迟钝
倔强地坐在一角

二十年后，后者一个石破天惊
填补空白的研究成果呈现面前
仿佛满园的梅花在怒放

孩子，每个人的花期是不同的
不必焦虑有人比你先拥有

人生，一场风

风从一个方向吹向另一个方向
亲，还能说什么
或轻声，或狮吼

该说的都在春天留存
那里姹紫嫣红
该说的都在夏天留存
那里蝉鸣热闹树林荫蔽
该说的都在秋天留存
那里树枝上果实累累
该说的都在冬天留存
那里小河正甜美地睡着

而你，只持有一个愿望
守望田野和远方
伫立成一株石榴
静默地等风路过
再次花开？
再次茂盛绿荫？
再次柿红橘黄？
再次雪花轻盈，温婉宁静？

也等来春困
也等来狂野的夏雨与山洪
也等来枯叶金黄
也等来冻雨秃枝的颤抖

不管等来什么
等，其实也是一场失去
人生就是一场风
来无始，去无终

没有两次轮回

三月与树上留下的一片枯叶
都是春天
春风慈悲
轻轻抚摸万物，唤醒花红柳绿
唤醒一切生物，包括你喜欢的与厌恶的

也唤醒那片依然挂在枝头上的枯叶
曾与秋风纠缠拉扯过
曾与积雪争夺过
只是再也不能泛绿

夏热是一场路过，秋风是一场路过
朔风是一场路过，春风也是一场路过

生命如同四季
在盛开，在凋零
活着就得在世上
迎接自己的风雨，春华秋实，朝烟夕岚
最终是一场路过，或早或晚
再坚强的生命，只有一次轮回
永远不会再多给一次

一个人真正的远见是善良

春风把温暖缕缕编织大地
秋雨也会把一滴滴寒冷搬运过来

人世间，是乱成矛与盾的一锅粥
谁能让生活成为自己的狗，忠诚不二
自己却是生活的一条狗，摇尾着每个日子

世间遍布浮沫与散云
人生渺茫在其中
你入郭来，我归山
有人施祸，损人，利己
有人把祸，留给自己

生如百花逢春好
冷雨的黑夜，不妨聊借灯光补月明
一个人最远的远见是善良

旋涡似虎，不食善良

人一出生，就脱离了干净
走入红尘，一路闯一路跌宕

月亮遁隐遐霄，篝火熄灭
天色不早
我们还得前行，跨过安逸的海滩
红尘里，生活中，活着的人
无人能，事不关己，高高在上

红尘似江、似湖，是江湖
前方便是碧波漪涟，旋涡翻滚
吞噬一切狂妄者，扛事者
市井酒气豪爽

旋涡也有无奈时
消化不了傻子
因为傻子把江湖走成了死胡同

旋涡也有恻隐时
旋涡如虎，虎毒
不食善良与纯真万物
都在修行

谁是垂钓者

我系着长长的寂寞，随时随地
将目光伸向智能手机的屏幕
仿佛是把渔竿
伸进一湾野湖
伸进夕阳
伸进生活深处
伸进人生尽头

钓住一弯月，朝阳脱钩了
钓起了一串旧时光，未来脱钩了
钓住一串慵懒，精气神脱钩了
钓住一串无聊与逃遁，自信与希望脱钩了

钓尽江波，钓起无数荒唐
以茫然的生命
诱惑生命的鲜活
生命涟漪
在一个接一个的日子里凋零
混浊的眼神
在四季中轮回
像乌云后面的星星
放弃了追求

用微弱的光芒
混过每寸光阴

岁月的清风轻拂我头顶的雪霜
岁月的涟漪荡漾出我满额的皱纹
我依然在垂钓着一段段无奈的日子，麻木不仁
我的生命，我的时光
如那条鲤鱼落入荻花隐隐遁逃
我垂钓手机里点滴诱人的欢乐
不知自己在垂钓着鲨鱼
我也不知道自己
是那个沉沦的垂钓者
还是那条被岁月垂钓的鱼

这个花花世界
胜过大海，那个谁
不知上了谁的钩
又被谁钓起

屠不了龙，不可不磨剑

大海深处夕阳美得危险
掠水飞去的海鸥正在归去
一根长长的钓线
悬在空中，一个渔翁
此刻不关心生死胜负
今天，上过钩又跑掉的大鱼已经超过十条
他发誓，一定要钓上一条大鱼

重症病房，手术室
一群医护人员挥汗，忙碌
有人累瘫
在两场手术空隙里
就地卧在手术的走廊上
七倒八歪睡上半个小时
可是，许多病人还是没能走出医院

噢，我忘了告诉你——
一座大山的背后，还有一条又绵长又险峻的山脉
我记得那些年，一个个人，一群群人
迎着四季的风，多次被风雨打湿衣襟
依然勇敢前行，忧郁而艰辛地走着
走了很久很久

这世界，那么多的硝烟
人世间，那么多的病痛
生活中，那么多，那么多
数不清的不如意

我们如树，迎着风雨袭来
满脸坚毅，无畏无惧
我们一次次与世界交手
屡败屡战，斗志依然盎然
我们可能真的屠不了龙，却
不得不去磨剑
不敢不去舞剑

一尊陶瓷叫自我

我来到一个泥塑摊
艺人很快捏出一个泥塑
栩栩如生，像极了我
是我吗？是自己一直找寻的自我吗？
艺人说，我看见，你朝来晚归的模样
我左看右瞧，却未找到四季岁月无痕的悲伤

我来到长沙铜官窑
一堆杂乱的瓷器中
尊尊陶瓷，越看越像陶瓷
采石、练泥、拉坯、修坯、绘画、上釉、装匣、窑烧
一整套繁杂的工艺
陶瓷最终深知陶瓷
找到陶瓷的自我
知晓自己也曾是万年前的高山岩石的深藏

真正的自我，不是源于寻找
如瓷器，而非泥塑
不断探索，邂逅、修理、煎熬与淬火等一大堆工艺
才被塑造出来
而人，人的自我却是他本人
浩瀚人生经历的结晶

没有戾气

七月，太阳热烈
蝉鸣，万物忙碌
阳光挤压走最后一粒露珠
为垒高冬季的积雪准备着
绿叶疲惫憔悴
为金秋硕果奋斗着

一面玻璃之后
一册发黄的书
无言地陪伴着
给予读书人没有任何的负担
给予一种隐秘的心灵掌控
给予一份真实的安全感

书中，没有黄金屋，没有颜如玉
也没有任何戾气
压下心底的蠢蠢躁动
压下目中无人的狂妄
有人一生折腾
不及历史书中的一句话

今天，我翻阅诵读着

先人们的疾呼与金玉良言
才是淋湿时代的雨
没有戾气
风云变幻，树欲静风不止
太阳永恒，每一种都有固定的位置

最不屑一顾的是相思

爱而不得，痛苦
得非所得，尤其痛苦
七夕告诉我们，有一种幸福是爱而不得

爱一个人，门那么窄，路那么长
为了爱，我种花半个世纪
只是爱如风
我的思念与月光总是落单，落单于烟火之外
我捧着花，身披风雪，孑然一人
立在亭外，立在屋外
我遇见了夕阳，也遇见了背影

风很大，不仅仅只是今夜
爱或许是个风口，那时月还会朗照天涯两端
你站在风口，媚生风中，招摇如夏花舒展
我的世界满是你的味道
弥漫在鲜花飘逸的清香里

这也许是另一种真爱的味道
老歌里的相思最动人
有人最不屑一顾的是相思
单相思一直很冷，日子长了，也温馨也幸福

跌一跤

不要抱怨世人喜欢看你摔跤
跌一跤，有可能
跌向年少
把月亮从天幕撕下
摊在锅底
那就敷一个恐龙蛋
横一根大葱
像天狗一样咬一口
把月亮咬成弯月
所以，月亮常弯

不要埋怨世人喜欢看你摔跤
跌一跤，可能跌向深渊
深渊也是另一个世界
月光下仍有无垠的牧场
还有半山腰，坐下来
一个人，一壶寂寞
只是要习惯十字路口
没有红绿灯
只是要习惯没有别的依靠
唯有自己
唯有一份孤独

梦醒百花开

有一种牢笼便是
任何一个
你不喜欢又离不开的地方
有一种牢笼就是
任何一种
你不喜欢又摆脱不了的生活

你刚好年老体衰
苦难又开始加深
你正好身陷牢笼
不喜欢又无可奈何
痛苦和不自由

不能麻木，不能被同化
心里永远有一团不灭的火焰
只要不是毁灭的绝境
那就选择喜欢，在废墟中
加一点儿糖，加一丝希望

贝利说，最好的球是下一个
你刚踢飞了球
并不糟糕，你还在球场

蜜蜂说，最好的鲜花在远方
凉风起，白露降，寒蝉却在吟唱
当下风景才俊美

万乱，一地鸡毛
不如选择好好睡一觉
一觉醒来
所有的花都开了

孤树与独道

是不是道路
看你走不走
如同你与我是朋友
不是缘分说了算，而是
意气相投，同向相行

左右逢源的人
多数时候与自己纠结
孤独时不能与自己和解

独处可能有些冷傲
但能更清楚地看清自己
独处是一个检验
用它可以检测出
一个人灵魂的深度
测出一个人的真实感觉

临窗观月

都说那位高僧得道了
能从空落落中生出感悟
如果茶不叫茶，叫不夜侯
如果花开时吹过的风，叫花信风
他一声不吭
手捧不夜侯，静待花信风

任何时代，傻子是够用的
如我等，一茬接一茬
如果酒不叫酒，叫忘忧君
芸芸众生，手捧忘忧君
看见秋匆匆地闯入，看见秋叶的凋零飘落
还有那声叹息

无论鲜花，无论雪花
无论玫瑰，无论海浪
一切盛开者终将凋落
如果天空叫碧落、如果太阳叫扶光、如果月亮叫冰蟾
八月十五，这一天
高僧则见碧落现扶光
我等则见蟾蜍蚀圆影
大明夜已

现代稻草人

世界如泼天海浪般的无垠
若谈得失
人类也不过沧海一粟

生活如泼天大浪般的无尽
若谈爱恨
如浪花碎了一地

秋来了，田野空旷
这里曾是鸟的世界
此时，唯有稻草人还在独舞
时不时地扬起手中的破扇
其实，稻草人早已吓唬不了那只麻雀
麻雀也明白自己是国家二级保护动物

我们何尝不是那个稻草人
无力而虚张声势
一睁眼，生活巨量
如泥石流席卷而来，那就
远离巨量的信息与制作流量的人
我们的世界
时间线的长短决定不了

眼界的宽窄决定不了
只取决于你的专注
与由此而生的内心感悟

谋生的路上不失善良
谋生的路上不失尊严
这样，以不变应万变

干了这一杯

醉酒也是一种生活状态
喝了这一杯，把自己藏在朦胧的世界里
乾坤不再在眼中
而是在掌中
阳光里我是疯癫的小孩儿
风雨中我是稳重的大人
我看不见世界，便认为
世界也看不见我

明明知道花开花落
无论何时何地只是一场寂寞的演出
仍然心甘情愿
倾尽全力来演好这一生

筵席总会散去
有些酒客，一辈子不再聚会
与你酒醉的感觉藏在心里
永守一辈子

来吧，陪我干这一杯
喝了这酒
山河晴了

舀海水的人

我是一个多么幸运的人
舀了一滴水
遇见了家乡的那条扶夷江
也把青春冲撞了满怀

我也是一个沧桑的人
为多看一眼太阳西坠
就不歇去舀着海水
结果一生搀扶

人生苦短
为这苦，我一意孤行
为这短，我马不停蹄
原来天地不过是摇晃的逆旅
原来昼夜不过是光阴的窗户

白发的一声叹息

白发已经占领头部的半壁江山
人们失去了最初有几根白发就拔几根的信心
银发通体洁白，孤勇
仿佛不染一丝风尘

岁月搓去黑色素，搓去了浮躁
也搓出了血气方刚
一缕白发，成了一缕缕疲惫不堪的阳光
一撮白发，成了一双双散在墙角的旧鞋
白发让人有了难称己意的心事
白发让人滋生了莫名的孤独

头顶的白发直白地告诉人们
它们不是一段可有可无的时光
不能随意疏略，比较起来
黑发是一摞新币，白发就是一摞等值的旧币
尽管黑发的世界里人山人海
白发也不敢安安躺着
季节在更替，生活在向前

一个你不关心，心随往事顺水流
一个逼着你在乎，人随风去不敢求

我的尊容怎样，脸怎样

一册图书搁在木架上已经很久了
木架也塌败了很久

我没看到血红的“拆”
现场却如古人集体问斩
血腥而一片狼藉
如同当代的野蛮拆迁
“拆”字如此醒目地写在土墙、瓦楞板、窝棚玻璃上……
这些没有尊严的物体上
一面是连绵的破败

我未见岁月的大锤
却看见时间像钉子一样服从大锤
把尊严的纸张锤出千疮百孔
即使倒下
还得趴下，还得散乱一地

图书修复师戴着白手套
拿出放大镜和镊子，一块块地拼凑
仿佛在拼凑一张复杂的世界地图
他说纸的背面如果没有一张人脸
那么修理人的心里也必须有一张对应的人脸

脸正确世界才正确

一天，我忽然发现镜中的一张脸
如同那册破碎的图书
被岁月捶打得扭曲且丑陋
美容师问我如何修整美容?
我顿时慌乱了，不知如何回答
我的本尊之容是怎样的?
我的脸是怎样的? 又藏在何处?
那么，我的世界又如何?

石头很硬，硬不过流水

中药有一种传统的炮制工艺叫水飞
碾磨里，朱砂不断地被碾磨
加水上清
密度极细的，漂在上层的
先倒出来
慢慢地不断地洗
最后留下来的才是我们需求的良药

便于收集，人们在碾磨里制造了一股细小的水流
大自然更直接
直接冲刷
让坚硬的石头
放弃周身的棱角成为滚石
成为鹅卵石
石头很硬，却硬不过流水

一个男子，伏在母亲的膝上
号啕大哭着
他刚极力摁住了自己过去曾无法摁住的狂躁
一个不羁的黄河，汹涌不断
毁物伤人四十余年
发作时曾挣断了父亲捆绑的铁链

母亲轻声地安慰着
“乖，别闹了”
母亲轻轻地拍着男子的后背
……
终于男子如一块岩石
安静地伏在母亲的膝上

母亲那怜爱的目光
仿佛是一条流水，清澈柔和
母爱如同流水，蕴含了无限的力量
爱是一种力量，无坚不摧

文字是糖

人与人的距离，有时只隔着几个字
拥挤的人间，如一碗盛满的水
只需加一滴就会溢出
文字除外，若再加一勺文字水也是不会溢出的
人们的内心如水
像接纳糖一样接纳文字
一个人若想摆脱困顿与迷惑
一个人若想逃离那些辛酸和不堪
不妨躲在寂寞的角落里码一点儿文字
他们说，文字能治心酸
他们说，诗能祛邪
他们说，文字能逢凶化吉
文字是人间喧嚣很好的隔离墙
文字是人心浮躁很好的沉浸剂
那就让内心的杂物，便如漂浮在水面上的杂物
仓皇地往外溢出去……
文字能让一个人，狂躁的心静下来
文字可以让一个人，再糙的命润泽起来
那让他们心甘情愿，长成故乡大地上的一草一木
让他们俯下身子，亲吻
高于尘世，却低于天空的土地

一根扁担

我越来越像一根扁担
硬瘦，黧黑，微微弯曲
父亲当年确实交给了我一根原木做的扁担
他说，艰难时、别无长物时
你就倚仗它吧
它能承担任何超载，胜过任何分担

我曾发誓
肩担全世界所有的石头，垒砌一座庙宇
结果没有找到五彩石，那就肩挑一斗文字
文字能暖身，肩挑的扁担，一个眼神
就懂得我是如何安慰自己一路的风雪

烟波浩渺，大地苍茫
风过扁担，风过发须
纵无策马扬鞭的辽阔
却无惧，行走在一望无垠的荒凉
人说一马平川，不过是
一根扁担，与一个人而已

父亲还郑重地告诉我，扁担一定不能横着走
因为人间的路太窄，幸福的门口也窄

我到底还是南橘北枳

《中药学》课本上有很多南北药材
比如，南北沙参、柴胡、苍术
比如，南北细辛、刘寄奴、五加皮
却没有南北橘或南北枳
原来所谓的南北药材
要么不同属要么不同种

我在南方，北方便是远方
我在北方，南方便是远方
远方都是我的念想
少时热忱诗与运方
长时还顾望旧乡，长路漫浩浩
其实，只是
一地傍晚六点时就日落西山
我七点钟就投宿
一地夜晚九点时落日依然空悬
我十点还不敢投宿

我到底只是一株芸香科
柑橘属植物，南橘北枳

第二辑 DI-ER JI

人间事倦闻　心印人间

万物都在修行

一个老和尚，正在敲木鱼
仿佛他把太阳从日出敲入黄昏
笃，笃，笃
声声入禅

一个陈旧的钟表
在打鸣，唤醒万物
盛开又凋零
年复一年，轮回

是谁把我的心，声声敲打
敲向人间烟火
敲向天涯路这沧海桑田
把时光敲成流水
声声落入虚无

别急！同万物一样
这也是在修行

一副苦命的脸

结绳记事不够后
聪明的人类发明脸谱记人
有人一定为了什么
狐狸假老虎的脸谱，而人借鬼神的脸谱
装神弄鬼，虚张声势
装弄终生，依然表里不一

孩子，苦命的孩子
你怎么长了一张苦命的脸
忧伤，沉闷，染上一层浓浓的沧桑
一定是你贪玩故意戴上的
一定不会表里如一

儿童的脸，本来
似晨阳生动，似鲜花娇嫩
一副苦命的脸会吓跑所有的幸运与幸福
既然父母不能把你苦命的脸谱撕去
就得靠自己奋力撕掉
用稚嫩的手，鲜血淋漓
假以时日，只会留下淡淡的伤痕，你会
脸庞坚毅，内心强大
而这却不是脸谱

时间不关心生命

时间是金钱，可以买功名，可以买辉煌

时间是金钱，可以买知识
可以买技能，甚至买爱情

你奔奔波波
把半生时间换成金钱
却买不起重症监护的那张病床
不是病床贵
而是时间从来不关心生命

某一天
人间不需要金钱
金钱全部贮藏在青春的机体里
在岁月的大道上
每走一步
就会扫一下你生命的二维码
从你机体的余额里提取零钱
当余额为零时，才明白
金钱不是时间
生命才是时间

迷茫与委屈

头盔斑驳
我骑着上个世纪的一辆自行车
游荡在秋日里
努力寻找夏天的踪迹，只见
一个瘦影，一把破吉他，还有一轮明月

一处废墟，夕阳下辉煌
我大声读着二十世纪的一张报纸
努力寻找一支隐匿的青春舞曲，只见
无花无草的原野上，有剩下的锄头与背景

今天，少年已成人
忘却了牧笛与诗，心中偶尔渴望原野
只是当年的风不再

我如怨妇，一直抱怨着“这里”
这里到底是哪里
是一锅温水，正慢慢变热，正慢慢攀爬沸腾
我们渴望逃离，却始终拔不动腿
这里便是当下，一块沼泽
弥漫着迷茫、委屈，无奈与抱怨
还有不甘与怯懦
吞噬着无数个生命与未来

不经意，最真实

今夜，我坐在旧日子里
万物笃静，虚无
一颗布满皱纹的心
不经意与梦幻倾诉旧情
人生的风云
怎么能抵达世界的辽阔

月亮是茫茫荒野的一粒纽扣
系住虚无
一抹彩霞兜住了流云，系住了岁月的坍塌
都经不起风云不经意的流动
不经意，意味着万物生寄死归

大暑，我们经历过的
一个比一个酷热
我们将一个大暑
带进了另一个大暑
不要去收集汗水
让它们活成洪水
完成一次次恰如其分的涨潮
万物演进，遵循阻力最小的方向与路径

你对岁月最高级的拿捏
酷暑里，是不经意的一杯冰啤酒
艰难生活里，是不经意的一壶老酒
这才是艰辛岁月的补偿与慰藉

不经意
最平淡，最长久
最易流逝的不经意
命运的主旋律

人生如风

蝉鸣是蝉的盛事，与人间无关
寂寥是人的寂寥，与月亮无关
为什么总要仰望星空
用一生喂养那只万里之遥的月亮

人生如风，年少时如春风
春风如婴儿娇嫩的双手
拍打脸庞的轻柔
青壮如夏秋之风
不动声息，底气十足
佐以炽热，佐以稳重
年老如寒风
风行走的姿势不好看了，扶住树
笨拙地捕捉着枯叶

河水走了，月亮还在
日子走了，自己还在
人世间的美好与苦难，无法言说
永远不要对任何人，解释自己
人生如风，多少秘密蕴藏
或许，唯有那个推开心扉的人才能知晓

生活不是赶路

人生如旅，我们一生都在赶路
风雨交加不是风景
我们挤在一起躲雨的屋檐才温馨
原野上烧烤的红薯并不甘甜，那堆篝火才温暖

家乡也曾一地鸡毛
乡愁中的家乡却一次次醉人
溪中有梦，岸边有花
山路干净，风很轻

生活不是为了赶路，而是为了感受走路
喜欢山，喜欢海，喜欢日出日落
还有晚霞是太阳留给天空的温柔
若风雨敲窗，也不妨听风吟看细雨舞
三五好友，人间烟火气
都是生活的小确幸

生活或许艰难，但也
别把自己活得太无趣

一束风

我是一位岁月的拾荒者
拾到一颗叫昨天的包菜
我扯下一层叫白昼
我扯下一层叫夜晚
我扯下了春，扯下了夏
我扯下了秋，扯下了冬
以为就这样扯完了人生
却发现最后还有一堆叫沧桑

我也是一位逐梦人
拾到一颗叫欲望的洋葱

剥下一层，十岁前的光景，渴望吃
剥下一层，十岁至二十岁的光景，渴望玩
不再计较零花钱，不再和小伙伴比名牌服装
剥下一层，二十岁至三十岁的光景，渴望爱和被爱
不再计较自己的家庭出身，父母的职业

剥下一层，三十岁至四十岁的光景，渴望钱
不再计较妻子的容貌，老公的身高
剥下一层，四十岁至五十岁的光景，渴望成功
不再计较别人的议论，不如明星

若无绯闻轶事，就心急火燎

剥下一层，五十岁至六十岁的光景，渴望安心
不再计较无处不在的不公平
不再眼红他人的成功与财富
剥下一层六十岁至七十岁的光景，渴望天伦之乐
不再计较官大官小，利多利少
名大名小，排名先后

剥下一层，七十岁至八十岁的光景，渴望健康长寿
笑看年轻时争得你死我活的，淡看中年时费尽心机的
剥下一层，八十岁至九十岁光景，基本无欲

我吃力地剥去一层又一层
以为一定会有心，结果是空心
其实就是一束风
一直支撑着我们
摇摇晃晃的人生

孤独收留了我

一块石头立在草地上
我坐在阳台上
我们都看着天空

一朵白云
花了一天的时间
从左边移到右边

天空收容了白云
大地收容了石头
孤独收容了我

此时，谁会问
石头会长苔藓?
白云会成雨水?
我会皮囊斑驳?

岁月从来不会荒芜
任何故事都是半截
任何结局都是草草收场
唯有热爱，方可抵御岁月漫长
唯有情怀，方可抵挡人间薄凉

再温柔一点儿

野草的荒凉
被那只陈旧的唢呐
吹满了家乡的山丘
田野、秋水与老屋

真不愿意承认这是自己的家乡
我的家乡曾经
如同我对朋友的留言
你来串门，我恰巧外出
请坐下来与门外的花谈谈
与门前塘里清澈的泉水见见面
那曾是元木山的酒窝
也可以一边吹拂着刚从鲜花丛中经过的山风
一边看着蓝天上慢悠悠闲逛的白云
听听喜鹊那枝头清脆的叫声

不，我眼前看见的
确实是我的家乡元木山
与孩时家乡印象迥然不同
家乡枯萎了，荒芜
最好的惋惜就是
把美好一面铭刻在记忆深处

于是拿出一张纸，绘上家乡
明明想画出一群人
结果却画了一个人
明明想画出一桌酒席
结果却画上了一壶酒
明明想画出一辆汽车
结果却画上了一匹瘦马
明明想画出一幅欢天喜地
结果却画上了满幅的旷野的寂寞

生活苦难了，家乡苦难了
我唯一能做的
便是在绘画家乡时
温柔一些，再温柔一些

在意什么说明你是谁

什么都不在意
只是一具行尸走肉
大家在意什么，你在意
你就会挣扎于内卷的旋涡中
大家都在意什么，你不在意
你就开悟了
大家都不在意的，你却在意了
你就上了一个境界

还是学学水珠吧，率性而为
躬身随波逐流
伏地一往向前
疲惫了，舒展在沙滩
愤怒了，抓一把沙咆哮而去
柔和地把月亮浸凉，不顾
月球的荒芜
柔顺地把岩石磨圆，不惧
山石的张牙舞爪

水是柔弱的，水是刚毅的
这是水的天性，那么
你的天赋？让你最能在意什么

我的天性？让我最能在意什么
那就做个普通人吧
一个优秀的普遍人
是我们毕生的任务
热爱世界，热爱万物，热爱众生
踏踏实实发现几件
内心喜欢、颇具时代价值的事
做好一两件，一辈子
就很不错了

这扯淡的人间

龙永远是龙
裂鳞断掌，眼瞎搁浅
龙还是龙
虫永远是虫
躯体肥硕，足有百只
虫还是虫
对吗？是龙是虫真是基因决定？！

兔子蹦蹦跳跳
能活八年
狗跳跳走走
能活十五年
乌龟一生蛰伏不动
却活了一百五十年
运动了就真能长命百岁？

明明是站立乘电梯却说是坐电梯
明明是绿色的瓜却叫成黄瓜
明明是馍夹肉却叫肉夹馍
明明是灭火却说是救火
明明是太阳晒我们却说成是晒太阳
明明是休息消除疲劳却说恢复疲劳

看门的狗成了一些人的儿子
捕鼠的猫成了一部分人的伴侣
人随时都可以变，不限身份
决定人变老是岁月还是经历
决定人成熟是岁月还是经历
从来都是场合说了算

这人间，真扯淡
龙不一定是龙，可能是虫
虫不一定是虫，可能是龙
说你行，不行也行
说你不行，行也不行

风飘过的脚步声

一夜醒来，天凉了
星城的那株银杏树下
层层叠叠金黄的树叶
称量着这个秋天的丰腴

邻人们看见我早出晚归的模样
我却看不见春夏无痕的悲伤
骆驼祥子认为
如果他一直努力拉车
就会拥有一辆属于自己的黄包车
我认为只要一直努力工作
晚年会如梦如幻，结果
全力拼尽，潦草一生

每个人都是夜空中的一颗星
只是借宿他人一夜的光
人活过，恰如
门外
是一串
被风飘过的脚步声

牵拉着的一无所有

秋天是乘坐飞机的最好季节
辽远的深处是辽阔

我有一百万平方公里的秋
辽阔无际的落叶
来不及采摘的红柿子

我乘着风
跌入十万八千梦
宛如一曲歌谣漂泊在黑夜里
宛如一股无光的暖流溢在时光中

我只是一尾鱼，较量在海中
一无所有是牵挂我的钓线
我只是一只风筝，扑腾在空中
一无所有是牵扯我的拉线

一身酸腐味

曾艳羡
自古雄风山下起
横吹万仞山上雪

江湖行走，以为一壶浊酒慰平生
笑谈皇图霸业，不胜人生一场醉，结果酒酸了
提剑跨骑，不过江东，结果酒酸了
尘事如潮，一声长嗟，结果酒酸了
人间还有不平事
一把木剑来驱鬼，结果酒还是酸了

一路江湖，一路酒酿，一路跌跌撞撞
左一脚十年，右一脚十年
一路碰尽装腔作势者，装神弄鬼者，钩心斗角者……
粒粒如酒曲撒入酒罐，结果十酒十醋

如今，依然
尤见满船明月由此去
还见江湖酸楚人

人生五味杂陈

谁不是把自由卖了
换成几两碎银，换成三两三
换成了柴米油盐，换成了五味俱全
人间非净土
各有各的苦，各有各的味

太多的猝不及防，在人间
不值得占用自己的情绪，纠结
不如兴师动众，尽兴体验
每一次体验，灵魂都会留有味道
日后内心五味不再杂陈

人世间有两样
不可泛滥
一是永远盛开却无花的记忆
不可触摸
一是无比清晰却无用的相思

值得去爱，人生涌现的骄傲
值得去爱，人生低处的迷雾
爱着自己卑微而鲜活的存在
而不是内心的五味杂陈

遥远的未来

老人来到幼儿园门前的马路上
儿童们蹦蹦跳跳横过马路
如一阵骤然而至的山雨

时代的海浪推着他们成长
老人有点儿嫉妒少儿们
充满活力，无畏无知的勇气
以及远大的前程

老人跟着他们走着
走向遥远的未来

种下自己的庙宇

石头与木头修建的城堡
百年之后倾塌破败
茅草与花朵修建的小屋
风雨之后荒芜狼藉

幸好有纸
在纸上可以种下田野
种下的星星有棱有角，闪闪发光
种下雪山，河流
还有阳光，森林
这些可以不会败坏

幸好有纸
在纸上可以种上深邃的思想
种上不倒的庙宇
同时还能建筑自己

你不能认出我

你一定能认出我
不，你《全唐诗》找遍
最后一页找到的
那位正骑一匹老马
蹒跚地赶着路，一路枯藤、昏鸦
千古明月高悬，前方
皑皑白雪，低水高山
那赶路人一定不是我

我只是人世间的一株草木
通体只与普通相配，与简单匹配
渺小得不能再渺小
所以，一定要仔细认出
我的残枝、败叶、经霜而干瘪的瘦果
他们与世无争，低眉、顺眼
或许，时光尤其漫长而生死一瞬
能活下来的只有草木

或许，只是单相思于人世间
或许，只是倾心于爱过
我与我的生活
才显得意外的荒芜

不是巴巴地活着

世界一定有个中心
迸射出一股股暖风
一锤接一锤，接着
一浪接一浪推着春夏向四周散开
直至播散到南极北极
反弹而来的却是秋冬，一阵阵聚拢大地
这是大自然的投桃报李

你很委屈地说
很多年了，你的心一直在不停地向外抛掷着热梦
反馈的却是低俗猛烈的风
为什么播下龙种却收了跳蚤
你在怀疑，你的命运一定染上了南极北极的冷寒

其实，命运更似月亮
只要走出门，无论你在何处
月亮就会一直在你的头顶
月光永远不冷不热
而你不需巴巴地活着

一个孤儿

孩子，一个不满六岁的小男孩儿
前年爸爸癌症去世
孩子，请不要再去爸爸坟上
哭诉了
好几次，你哭累后不知不觉就睡在坟旁
那里的土一直很冷

妈妈去年受不了困苦悄悄跟人跑了
孩子，请不要再去村口等妈妈回来抱你、帮你擦去鼻涕了
妈妈怀抱也曾很温暖
现在，你只能在睡梦里
在画着妈妈怀里的地上睡醒了

跟着多病年迈的奶奶
你成了奶奶的拐杖
你成了奶奶的小护工
肩挑起这个四处漏风的家
而你坚强之余又是多么敏感

温柔的晚风，傍晚的晚霞
清脆的鸟鸣，色彩亮丽的水果糖
商店能冒泡的可乐，款式多种多样的玩具

五颜六色的小人书
哦，还有超人奥特曼
哦，人间的美好多着呢

我说，孩子你要相信
你配得上世间所有的温柔
我说，这世界上的所有美好，你都值得
可是，你现在只是孤儿

人哦，人！

只是宇宙中的一粒微尘
只是人生长河里的一滴水珠
何必活得束手束脚，畏首畏尾
何必揆度他人，捉貌摸色，揣合逢迎
其实，这人间，任何人
要做好每个人都有可能离开的准备
不要指望父母之外的他人栽培
只有自己努力的人，才能存活下来
因此，大千世界，人又算得上什么东西

走走停停，又半生
谁暖谁冷，谁真谁假
患难见真情，筷子喝不了汤，勺子吃不了面
凡事别强求，谈友情止于真诚，谈余生止于真爱

是蛇一身冷，是鱼一身腥
何必纠结，谁是蛇，谁是鱼
水深静无声，失利人无踪
依赖自己，相信自己
自己的世界里没有末路
你从不曾孤独

后来啊

春天里，阳光下
少女喜欢花前留影
或许二者惺惺相惜
以一种美安慰另一种美

后来啊
少女嫁为人妇，坠入人间
那朵鲜花也永远没能走出她的梦

月色朦胧
泉水清澈波光粼粼
或许月色与泉水二者惺惺相惜
以一种寂寞安抚另一种寂寞

后来啊
阿炳用一把二胡忧伤地诉说
二泉映月的故事
月亮悄悄地沉入井底
忧伤却藏在了我的心底

后来啊
少女放过那花，我也放过自己
只是心底，为此空荡而难过

母亲的照片

一场猜测小孩命运的仪式
满岁抓周开始
席子铺开，摆上一排
计算器，手机，钢笔，人民币，尺子
听诊器，积木，玩具枪，书，面包，书
很多人家会把人民币放在突显位置
如果放一张母亲的照片，任由孩子抓取
爬在席上，孩子东瞧西瞅
大概率会抓取妈妈的照片不放
母亲胜过万物
这样的儿女日后命运最顺达

母亲是最大的依靠，是棵大树
春天我们倚着幻想
夏天我们倚着繁茂
秋天我们倚着成熟
冬天我们倚着沉思
儿女用一生向母亲告别
妈妈却用一生向儿女嘱咐
一路小心
温暖了所有儿女的岁岁年年

人间打捞风

猴子学会竹篮
打水，一次，二次
看看篮框里，没有月亮
扔了篮

你拿着人间这个箩筐，打捞着风
管风东南西北，管风暖寒
你只简单地认为，在人间总得做点什么

时间长了
你网住来自高山上的风
风说你比雪莲花更纯洁
你网住来自海洋的风
风说你比飓风更狂野

你也网住了年轻时的自己
他说你比年轻时的自己更有胆量
遗憾更少一点儿
他说你比年轻时的自己知识多一点儿
而且相信还多一点儿

你就这样打捞着，网着
直至自己也消失在风中

老去的时光

给我一壶闲茶吧
我就把自己老去的时光装入
如学有源泉方入妙
在土路的尽头建一间木屋
有些单薄
有些陈旧
最好前临水
河流不要太大
后傍山
林不深树要老
无人的渡口总是长满野花
不问那小舟
放逐到天涯何处
就在渡口再种栽几株百合花挤在野花丛中
开花会艳一点儿，亮一点儿
不踮脚打扫燕窝的周围挂着的蜘蛛网
询问南飞的燕多久没有归来？何时归？
不去想
自己过去时光
有多少是真，有多少是假
只想在屋后山坡上
种上薰衣草

种上遗世的郁李树
种上思念的茱萸
一如它们
一起静静地守着孤寂的年华
守着老去的渡口
和某个归人
一起静看落日捶空西山
扯散烟霞

人生坐标

初中时学习了坐标
那时不知道人是可以简单分类为四类
但方向不会错
坐标由两条线组成
横线代表生活之线
前进或后退
前行布满荆棘
后退只须躺平就可以了
竖线代表灵魂上下之线
上行可达天堂
下行有十八层地狱候着
现实中，不乏其人
踩着荆棘前行，奋斗着
灵魂奋力向上攀爬
就会与云霞共伍
现实中，也不乏其人
踩着荆棘前行，鲜血淋漓
灵魂却自私地往向下滑行
结果终身在地狱中爬行
与阴暗为伍

中年吟

忽然意识到自己中年来了
再也不敢对视夕阳
迟暮，一步步下落。仿佛
一头老牛隐入暮色
一片黄叶微风中，枝头上颤抖

喧嚣正远去，自己学会躲着
不敢去做一只看热闹的狗，害怕
跌断腿的黑狗叫声凄惨
兽医来了，把黑狗的嘴缝上了
随便也会把看热闹黄狗的
前腿上了石膏，后腿上了绷带

中年，越来越习惯安静
独处，仿佛每一天都是
盛世一样，美好
黄昏，正午有甜味
早晨新鲜清晰，亲切

如春天，我学着
给迎春花，金银花，与健康相关的中草药写诗
写它们的叶翠，花艳，还有滚动的露珠

给从身边走过的人祝福
理解他们的匆忙，不易，幸福
晨光新鲜，刚出锅的馒头、稀饭，冒着热气
馨香，阳光温柔，人间温暖
这是天地四时的福报

说珍惜时间和自由，试着
做一个纯粹善良的人
思念亲人，耐心地侍弄着花草
宽待遇见的人，静静地
让忙的人先上公交车、地铁
自己耐心等下一趟吧

若问起自己为什么
越来越面慈目善
越来越慈爱仁厚
望着越来越红的枫叶
花一样飘零，落英般撒满一地
生命脆弱
我越来越没有信心，真切感到自己的
每一天，都应该视作自己的末日

听懂了那首歌

突然听懂了那首歌
让我流泪的
不是昨夜的酒
而是从前的故事

听懂了歌中的诗情画意
却摆不平往事的回忆
听懂了歌中的风花雪月
却走不出一生的沧桑

歌词朴实，无人无风
五线谱却瑟瑟发抖
仿佛人间所有的不平，都在词中
仿佛人间的愤怒，都在曲中

我忽然听懂了那首歌
戛然发现人世间早已面目全非
黑夜中的黑
并不是黑色这种颜色

DI-SAN JI

第三辑

旅途漫漫一嗟叹

春会来的

一株株梅花树的骨架，生冷而坚硬
让我想起了嶙峋的石峰
在岳麓山，干脆说在山巅上
簇拥着，静悄悄地站着
他们是在等一场雪的到来
天气预报反复说近日有场强降雪
可万物总是沉浸在漫无边际的冻雨中
他们还是在等待着海洋般的梅花盛开
可今年的冬季漫长、冷彻，冻住了生机
还要准备等多久？春天才能如潮水般涌来
别急，雪没来，白花花的时光就不会冻结

靠悬崖边的一株梅花枝头上
一颗花蕾小心翼翼地探出头
钻出的那颗花蕾半开着
在这半暗的淫雨时间里
好似利箭，目光炯炯
我坚信：
这场雪终究会来
春只是转了一个弯
也会奇迹般降临大地

丛林法则

森林幽深
演绎一场场残酷
大树伟岸，枝繁叶茂
大树下几颗瘦弱的小树
枝干细脆，树叶枯黄，生存边缘挣扎
小树十分愤怒
为什么要限制我们生长
大树冷漠一句
弱肉强食是丛林法则

森林里，树木冷漠地看着
羚羊从睡梦中睁开眼睛，就明白
新的比赛开始了
对手仍然是跑得最快的狮子
森林里，大树冷漠地看着
两只野牛为了夺取配偶权
打斗场景惨烈
森林里的小兔子
永远只有逃命的份儿

街上一排大树冷漠地看着
一天，一个衣着鲜亮的人

施暴一个衣着褴褛的乞讨者
一天，从宝马车上跳出一个老板模样的人
怒气冲冲拖曳着环卫工人
推倒他的手推垃圾车
一天，有人持棍驱赶别墅门前树下的躲雨者
一天，有人抽刃砍向羸弱者

森林有树，才有丛林法则
街边有树，才有丛林法则
有树的地方，才有丛林法则吗?
真是这样吗？！倘若没树
就没有丛林法则？！
如是，真好!

夜守洞庭湖

人间路遥马急
几两碎银
闹得觥筹交错
熙熙攘攘
烟火弥漫

不如看你的侧脸
月弯，眼波澜澜
一如大唐盛世
永远写不尽的诗篇
我自桥下夜泊
独得满身寂寞

我们终其一生，寻找
一个价值感，一个归属感
一个源于肯定，一个爱与被爱
我尤爱洞庭湖的夜色
还有比月色更轻的独行
比悲伤更悲伤的诗与歌

欣赏日出日落

年龄大了
越来越喜欢把爷爷留下的那个座钟擦洗干净
边擦洗边斟酌自己的曾经
早已逝去的，一大堆的时间碎片

过去的那点儿俗事，时不时浮现
吃喝拉撒，爱恨情仇之类
普通得再普通不过的杂碎
生活不过是一日三餐
一生专心做好一件事，便可

然而，我们偏不
我们渴望捷径，渴望认同
大凡攀登之处必有歧路
脱口而出的诺言必陷虚无
盛极一时的潮流消失得最快
最快的步伐不是冲刺，是坚持
最慢的步伐不是跬步，是犹豫

我也喝过酒，不沉湎便成
我也满足过欲望，适可而止便好
一切欲求，如蜘蛛网般纵横交错

有着永远无法抵达的终点
要小心哦，说不定自己便成了猎物

日出和日落都不属于任何人
却有人人向往的浪漫
我们何不坐在山坡上
悄悄地欣赏

爬山

一群人在攀爬山峰
别忙，一定要有仪式感
先闭上眼睛，如小孩子
看见花，看见希望，看见梦
否则，成了大人
闭上眼睛真的就睡了

登山了
加法开始，加上
一阶智慧的捕捉
一阶品格的锤炼
一阶亲情的滋润
下山了
减法开始，减去
一阶多余的物资
一阶奢侈的欲望
一阶心灵的负担
一阶急匆匆的脚步

人们一路上不停地询问
生命是从何开始的?
始于降生后，生理活动开始

还是五十岁，五十不惑
其实都不对
生命是以不再取悦围观者为计时的

人们一路上没完没了地询问
生命的价值与意义
山爬过，也下过坡
日子平平淡淡
生活不温不火

人哦，要允许
自己的疑问没有解答
要允许
自己祈望苹果
却收获了西瓜

其实，月球是荒芜的

沙漠是荒芜的
若有了月亮
所有的风沙烟尘偃息，睡了
无数沙石皱褶成海浪
一缕孤烟扯直了安静的深度
偏有一块沙漠绿洲，流水潺潺

人心是慌张浮乱的
心中若有月亮，才是
心有光华，心有所属
爱怜充盈，波光粼粼
虔诚，纯真，善良，浪漫，温柔
结果人间事事圆

其实，月球是荒芜的
但是，人们种了一棵桂树
吴刚年年捧出桂花酒，诚邀普天之下的男人们畅饮甘甜
但是，古人做出了登月计划
嫦娥奔月成功，忙乱中还带了只玉兔
与后羿演绎了一段凄美的爱情故事
由此，月辉之下
多少信男善女伉俪情深

老人与石山是孪生的

千万年的风雨
把一座山蚀刻得
峋嶙瘦干，骨气十足
秋风吹起，那片黄草
如山羊胡须时翘时垂
每次看见你时
总是大风起，总是
落日孤烟独我豪

老人倚着一块山石晒着秋阳
生活的严酷把他煎熬得露出生命的本色
瘦干峋嶙，脾气倔强
不太浓密的胡须如那团野草
挂满了雪霜。命运来了
甭管好坏，迎头赶上
曾快马长刀，曾青山远去

谁说，这里的山民是山的儿女
细细瞧瞧吧，他们更像是孪生的

漫步岳麓山

岳麓山散步
秋天正用文火，烹煮着夕阳
登山散步的人，如过江之鲫
请不要漫步于我身后，我可能不会向导引路
也不要劲走在我身前，我可能不会盲目跟随
登山散步的人，请走到我的身旁
这里的马路很宽广，能够并排走
让我们就做彼此的朋友

一段旅途，你是否幸福
不决定于自己是谁，决定于遇到谁
熙熙攘攘的旅途中
我们何必瞪眼辨识对的人与错的人
或许，错的人相互消耗
或许，对的人相互滋养
只要让自己做个好人，就够了
好人从来路广，好人从来机会多，竞争少

今年的秋天，无风亦无雨
虽然表面上在暗送秋波
骨子里却深藏着
孤独，薄凉与孤寂

橘子洲上看枫红

湘江上
船来船往
江水未老
岁月沧桑

江岸的银杏树
树叶青了，树叶黄了
原来树叶的每一片
也是有沧桑的

橘子洲
坐在江水大潮中垂钓
一片片沧桑鲜活地跳出
枫叶曾青了，枫叶也红了

橘子洲，秦朝起就一直在长
两千多年没有一点儿苍老的迹象
如同活跃不僵化的思想
品尝出了，岁月的沧桑
看懂了
谁是过客

洞庭湖的秋

今年的洞庭湖瘦了，芦苇修长更高了
秋风凄紧一分，芦苇就俯身一寸
秋风水行八百里
野生野长的芦苇，是否能顺势应变
善于在风中躬身
是否做好接纳风雨的准备
是否具备了百折不倒的坚韧

一个人，究竟能够拥有多少个秋天
多少亩湖水，多少片波浪
又有多少船舟，穿过波澜
穿过湖面，从远方
驶入你的湖泊，你的旷野
无法预知每一个秋天
多少悲喜，永远是
暮晚，汽笛声由远而近
之后，是星空浩瀚，万籁俱寂
是我们的脚边，无穷无尽
水浪拍岸的声音

风行八百里，烟波浩荡
风走八百里，落叶窸窣一地愁

漫步洞庭湖畔

太阳真的凭空东升西落
天宇应该有一道河床
载着太阳这颗有形的流水，周而复始
也让万物折腾于四季，萧条轮回盛装
最终让所有的生命，永远追不上这条古老的河流

洞庭湖的芦苇，像极了我白花花的头，堆满白花花的时光
湖畔一棵光秃的杨树
树梢上，露出半个鸟巢
稍远处，露出了落日
若能站得够高
我的家乡元木山，应是资水这根树枝上的一个小岛窝

湘资沅澧的江水，如同浪子奔赴洞庭湖
江水成为湖水，洞庭湖或许不是江水的故乡
江水成为海水还有很长的一段路程

而我这粒元木山的山雨
五十多年的人间奔波
早已面目全非
浸泡了苦涩与沧桑

张家界的飞来石

少年急捉那粒透明的玻璃珠
坠入水塘不见了

缘起，我在群石中看见你
缘灭，乱石群中有你

缘一定是染色剂
张家界这块飞来石
一定是亿万年前，少年游戏时
滚落到大海的那粒宝珠

新年——心怀美好，脚步铿锵

新年已经开启
一整年遇见与离愁
一整年的风雨飘摇
都成了过往，不论遗憾与心酸

此时此刻，你我依然身在其中，强烈地感受
挚爱的人还是挚爱
想念的人还是想念
留恋的故事还是留恋

或许世间很多美好的事物
并非触手可及
时间的酝酿和打磨
才会显得更加珍贵
这包括了我们的友谊
还有我真诚的祝愿

新年，致敬自己
让所有的苦难都是新年惊喜的铺垫
让再普通的日子也会闪闪发光
让当初那些以为过不去的坎儿成为饭桌上的谈资
也让我真诚祝愿你身体健康

健康才是无形且无价的财富

接下来的一年，让我们珍惜眼前人
学会释怀，远离内耗
遇事不乱于心，不困于情
不畏将来，不念过往

祝你新年快乐！
愿你心怀美好，脚步铿锵！

一枚果子的自言自语

你就是一枚果子，孤孤零零站在树枝上
叶落尽，其他的果子一一被摘走
只是过于瘦小迟熟，果壳生硬皱巴
你被遗忘了，甚至连鸟也不屑置喙

在不被接受的无措里
还得接受命运的审判
在雷雨中战栗，这过程不能被省略
在寒霜中僵硬，这过程不能揭开
在光阴无声的鞭笞下，这过程不能抽播
不对风雨说三道四
不对日月，倾诉苦难
抱紧生命的本能
让自己，一点儿一点儿，开始结蜜

这颗生硬，有些丑陋的果子
旁人看来是多么渺小
但内心却有一个宇宙
还有一个坚韧抗蚀的硬核
紧紧地抱住
犹如自己的自言自语扎根内心
生命中的每一天

都是向造物主借来的
总有一天要还给山野
还给风，还给土地……

那就把自己坦然交给自然
其心必然会走入辽阔
那就听从内心的呼唤
其心必然会走入慎独的充实

人间低处

别埋怨，你恰好在人间低处

你瞧，草枯尽新芽待吐时是野草的低处
你瞧，秃枝正待吐苞蕾是梅花树的低处

低处一定会涌来雨
水中生物才会万象更新
低处也一定会涌来石块
垒出一条通衢大道
连同躁动不宁的尘埃
我知道，每一粒
最终都会在最低的地方
轻轻落定

那就让自己再低一点儿，再垫底一些
仰望天空，望着星星，便可！

潦草的光阴，还藏着一个淡定的灵魂

谁的生命没有一段无所事事的光阴

有人反思与整理
有人消沉与颓废
有人视为寻常，只是多了些经历与体会
追求成功的同时，却忽视了
生命只是一场践行与认知
与他人无关，
只要认同自己，便够了

做一阵子破落的八旗子弟又何妨
那就来一阵子文玩，坐在树荫喝茶听蝉
为了自己养的那只土狗的摇尾撒欢
不妨人狗互溜，不失一乐
如此，日日静待光阴的节节推移
好一段，光阴闲趣
一个人，把一件小事情玩明白了
不失为在人生大池里加了一勺粗盐，人生才有一点儿滋味

无所事事的光阴里，或许孤独
学着刘禹锡邀几位文人雅士
没有古琴、笛子、箫

还是能听几曲的，不妨在手机QQ音乐库上
随意下载几曲，外加一杯清茶
若喜欢高山流水，
路途定能遇到知音，只需一份惺惺相惜
自己若能主动，必有他人对自己怜悯
合个影也能让自己回忆不少

想起小时候村里的光棍
好些年，他居然也会给自己织毛衣……
自己曾在性别上鄙夷他好一段少年时光
岁月洗刷之后才明白
一个老光棍能如此袒露自己的光阴是何等的不易
很多事情，只是不同，并无是非

坐井观天的人容易言之凿凿
看过天地的人总认为自己很渺小
克制还是放纵，努力还是懒散
奋斗还是摆烂
普通人的每一天并无多大差别
只是突然有一天答案摆在自己面前
答案已是无法更改，谓之为命

生活里总有低气压
有人自我辨别不了情绪的方向
有人不管一切，只图眼前的痛快
成熟者坦然接受生活的波折，不动声息
他们早已在生活中划出一道界限，楚汉分明

潦草不如意的时光如阴影相随
是基于自己当下无能为力的痛苦
几时能明人事、随天意
站在豁达的境界上
欲望就变得单纯简洁
粗茶淡饭，无欲无求
内心的期待就会雾散水退

没有绝对的“成功”
或许这只是个伪命题
成功只是某一点，某个阶段暂时的或认同，或实现，或达到
所有的读书、学习、思考
应该是只锚，在跌宕起伏的生活中紧紧拉住内心
在暴风中处变不惊而不随波逐浪
让自己独自混过那些漫长幽暗的岁月而不怨天尤人

这个世上总有一些人
看起来无所事事，或者做一些看似无用之事
典型的旁观者，如同路人甲路人乙之类
一副玩世不恭的嘴脸，恨铁不成钢
实际上他们思路清晰，目标单纯，行动简洁
生活本身并非一本正经，十分严肃
那就带着一份玩的心态去打关升级
然后却会有意料之外的欢喜

不得志时，诗人
以物明志，以安抚灰暗躁动的内心
普通人的人生如浮萍

潮起潮落，身不由己
企望将一句话、一本书、一个人的故事
换成一针鸡血，来扭转自己的心态或人生
道理很硬，一直不变
变的是我们的内心，是我们的不坚持

每一个人都有不如意、不确信
在这段十分潦草的时光
不妨埋头，坚持干一点儿事情
不会立竿见影
只有自己认为对，并一直坚持
人生才会一点点改变
或许就是：这些小小的正确
一步步推着你前进

前方有座远山

说高，可有人站在高原上
很高很高的高原
说远，有人向前望去永远是一眼无遗
目光深处是白云与大地交接处
可鲜有人能满足这种行走
攀爬奔赴比平行走动的人多了

生活可以把我们拉向低处
海平线之下的那种
若前方有座山
尽管山巅也未高出海平线
人们甘愿去跋涉，去攀爬一座山
远远望去山影朦胧的那种
远山让人有一种莫名的冲动
多想走进那山，一探究竟
多想攀上山巅，一览山小

其实，我们明白前方的山依然是座山
即使是远山，即使风情万种
还是一座山，高与远
也改变不了山的属性
也改变不了山的那种很普通很常见的特征

远山的朦胧，山恰到好处地远
一如诗与远方
让我们双眼充满憧憬
让我们不拘于眼前的苟且
而选择前行与攀登

不妨走在路上

当小女儿学会照镜时
这个世界又多了一朵含苞待放的鲜花
我学着拿着一盏灯，在镜前仔细端详自己攒眉蹙额

父亲听到我的一声叹息，说
不妨直接走入外面的世界，光亮世界的
无论是旭日东升，还是阳光明媚
还是阳光正好，还是夕阳西下
还是月光，星光
自己借光去端详，去丈量
周之道路、秦之驿道
元之大道、清之官道
今之公路
甚至羊肠小道，甚至大脑指导下的无路之路

我们就会见到
是星辰的羞怯落在了夜晚的树梢
是熟悉而遥远的梦境过后凌晨的钟声
是野鸭腾跑后惊了满江的树影
是高低错落的日子里一路颠簸
是几千年之后这一生奔走江湖的豪迈

天地是个瓶

天地是个大瓶
倒出了春风
风柔柔地剥落了樟树的旧叶
厚厚的玉兰花瓣，厚朴花瓣
一地的油菜铺满了南方无垠的山野……
这些暂时让大地收藏
为下一个轮回而准备着

这个巨瓶，也倒出了一条江
江上帆船，两岸柳青花艳
江水也随便扯下一片小天空
江水清澈，发誓要把云洗白，把天变蓝
还发誓要把一小块世界锁在江水中
天天擦洗打磨如鹅卵石

瓶口西倒，落日西坠
夜色如江潮，滚滚而来
夜色中还有点点萤火虫
还有人间的烟火、篝火、渔火、焰火、炉火……
璀璨夺目的、柔和温馨的、眼花缭乱的……
自此，这个瓶永远装着年轻的星辰

对湘水的发呆

湘水啊，你来自远方
湘水啊，你也没忘去远方
即使岁月曾搁浅了你伏地飞翔的翅膀
待到水涨潮起，你就悄悄地隆起浪花
轻轻擦拭搁浅时滞留的惆怅
心想春天，水潮澎湃
迎风微笑，伏地而行
今天，我独自滞留在橘子洲尾踯躅

人生是多么短暂
用一个青春的时间等待长大
用一个成年的时间追悔青春
用一个老去的时间害怕老去
用一生的时间浪费一生

人生永远不可逆，常常是
不是做错了，而是迷路了
在最好的年华里，没有
倾尽所有力气去做一件事，去爱一个人
最后坠入虚无，烟消云散

张家界的百龙天梯

乘坐张家界百龙天梯上升时
仿佛感觉这里曾是个大海
古老的大海躺累了
身子一弓，海水尽数脱落，留下脊骨嶙峋
坐在湘西大地上，做起了一个长长的好梦

山风轻柔，阳光清新而温煦
一座座山峰，如竹笋般嶙峋瘦骨
见缝插针地画出一帧的壮丽盆景
吊脚楼的小村庄
如散落的鸟啼，粒粒圆润
夹在岁月翻旧的画卷中

我们是远道而来的读者
总试图去翻阅，但又很怕
看到史前大海的模样
所以，不敢乘电梯下行
生怕，张家界的山坐累了
身子一躺，就把自己躺成大海

一部地球史，不会像人类历史一样
任意被人打扮成小姑娘
但又让人们遐想不止

天堂张家界

张家界的居民
生存亿万年的岩石，原始次生林
一众大大小小的河流
晶莹剔透的露珠，极力把朵朵白云抛给风
张家界的风太柔和，云雾总是停在半山腰
雾薄如纱，缱绻着
张家界这位美少女眉间的羞涩

美好的事都有预兆
冬藏一季的阳光，被雨雪擦拭透亮
这阳光催得万物郁郁苍苍，催着一朵朵鲜花
举起大地的悲悯，迎接更加浩荡的春光
这便是天堂张家界

悲伤的事毫无征兆
是谁把人拖进了人间的茫雾中淹没
鲜有人如张家界一众山峰
种在云雾之上，如水中之岛
极目远眺，一览众山
熙熙攘攘的人们，日夜奔波
风里来，雨里去
一生云里雾里

收获一个春天

熏风与草原是相宜的
熏风送草原一缕春风
草原就得了一个春天

山坡上的鲜花是森林的美目流盼
一缕花香缭绕
森林的春天就到了

一个微笑，一句暖言
如一缕春风，如一缕花香
是治愈一切的良药
足以温暖整个世界
让你拥有全世界

美好如春，春如大海
你的每一寸目光，每一句耳闻
就是你的每一寸边疆
那么，请你移步出去走走
那么，请你多微笑，多向人问问好

微风吹过，暖流流过
朵朵白云似海，你会获得人间的一片汪洋

春天就这样去了

岳麓山睡了，湘江却醒着
江边柳树睡了，江风却醒着
潇湘大道睡了，街灯却醒着
夜睡了，我醒着，踱着步
风只是吹过，偏偏水面起了清波
一首程响的《可能》从深处传来
时断时续，忧伤的声调更忧伤
偏偏却惊扰了我
你看江边那些海棠花都凋零了
可我的春天一直是寂寞的
像一朵云飘过
天空里留下了那首忧伤的歌

这个春天就这样去了
再一往的情深
悄无声息，去了
嫩叶对残花说
夏天里我会拾掇起你残余的悲伤

有些故事需要渐行渐远
有些美好需要交替轮换
仿佛一场接力赛

谁也不能持久霸占
万事万物都是时光的过客
但不都是黄泉预约客

连同人间的遇见分离
也只是一场
谢幕的悲喜
你看，初夏刚到
准备秋季开花的菊
就发芽长叶了
荷也是忙着长着荷尖

走一走旧时山路

每次回家乡
我都在镇上下车，徒步
走上那条旧的小路
傍着一条高速公路，直通家门口

这条小路快被草木所掩盖，是高速公路这件新而笔挺的大氅上
绑着的一条歪斜破旧的草绳
新路时尚快捷，如同新时代之装客光鲜
旧路破旧不堪，如同破鼓之败皮，暗淡

但我还是愿意走在旧时山路上，看着自己
一步一个脚印翻越生活中的崇山峻岭
站在子母界的巅峰上
一点儿浩荡之风，岂不快哉
风中转转，目测元木山的距离

你想，经常吃苦才是藏好自己的懦弱
世界随时大雨滂沱
万物苟且而活
无人为你背负太多

一场山火

我知道夜晚很宁静
夜色裹着，确实
适合你的自我倾诉
适合你的自我疗伤
平抚自己杂乱的情绪

但黑夜不是你避世的盔甲
黑夜的蛋壳易碎
我知道，没有一个夜晚故事停止了发生
黑夜和白天一样都是，消逝的光阴
太阳任何时刻是朝阳也是落日
生命的衰亡不会停息

你需要一场山火
虽然一天就把森林烧成灰烬
虽然风和雨需要花百年时间重新植树造林
但你确实需要这场山火
烧毁执念的荆棘
烧毁禁锢自己灵魂的监狱
释放自己不惧昼夜
外面的世界很精彩，很辽阔

爱那山，爱到无心

我知道你遍览过名山大川
而我独守江南那座低矮的青山
长风浩荡，轻舟已过万重
青山依旧在

青山尤在，山上的荷莲
也是在夏季应约而来
山上的蒲公英
至今不肯下山去
而我深深藏在慵懒的阳光里
看书，看到无字
喝茶，喝到无味
听曲，听到无韵
最后爱，爱这山
爱到无心

世界的边缘

三十年前，我来到溁湾镇
那时没有多少房屋
湘江靠西的临时小桥还在
秋夏湘江水很清，还可以游泳
江边微风，有些杂草，蚊子不多
适宜散步
路上车辆很少，居民不多
伸手一抓，觉得能抓着一点儿什么
现在，溁湾镇成了河西的一个中心
越来越繁华，越来越陌生
我们这些生活在这里
三十多年的老居民，仿佛曾是
这片土地的主人
不知不觉成了这个地方的“边缘人”
现代世界的“边缘人”“失落人”
伸出手一抓，仿佛抓住了月色
松手一看什么也没有
孤独与忧愁点点弥漫
渐渐地不在江岸散步，追逐落日
越来越习惯临窗看夕阳
成了灵魂需要拯救的一群

一个流浪者的家海

飞得很高的鹰把巢穴筑在崖洞中
飞得很远的雁把窠巢筑在
迁徙途中的
旷野、河川、湖泊、沼泽
丛生的水生植物中
麻雀一直变着法儿
把家安在屋檐下

大海深处有龙宫
海，湖，河，塘，鱼缸
不就是水族们的屋

夕阳下，一个流浪者沿着山根行走
我们不明白，他是
在回家的路上，前方便是
他憩息的家，他把自己
养成一只家雀
他还是像一尾鱼，正在家中
一边遨游，一边决定自己
更澎湃，家海更辽阔
最终把自己养成了一头鲸

那朵莲的心事

今晚，月光多美
微风摇醒了一池莲花
远处一首忧伤的歌传来
那朵莲，那朵莲
我左耳侧听，它离夏天还近
我正眼端详，它离《诗经》太远
那朵莲，倚在光阴的墙上
想着莲的心事
是否，等着的人来早了
还是来晚了，错过
你亭亭玉立，最美的时刻

那朵莲
为情牵，为梦醉
无暇，花开时
花瓣片片，心香瓣瓣
像满世界菩萨的
微笑。花落时
慈悲了整个世界
不沾染人间的
尘埃

今夜，月光多好
加点眠，整个江山就是我的了
我就把江山完整地交给那朵莲
那朵莲，倚着光阴的墙，沉默着
一池河水掩藏不住
悲伤，却不是莲的，尽管
没人知道莲的心事，那朵莲
也无处诉说它的过往
那朵莲纯洁，让卑污
走开。几许莲心，把秘密
藏了几载又几载，几千年
独自在菩提树下
看花落花开
细数这人间的悲欢
看往来红尘过客，朝青暮雪
催人老，青山依旧月如钩
只愿做菩萨那朵莲
不染尘埃

今夜月光，太美
就让风去歇息吧
让那朵莲静静去想莲的心事

第四辑 DI-SI JI

心自禅　空梦自闲

得到了也是失去了

我顺从地交出颜华
包括云彩、花月、折腾
得到了白发与松弛的皮囊
别忙，一池疏篱残影不也正好安顿我的灵魂
徒步十万里，虽无风可乘，梦却也有十万个
家乡那片山岗，田野
你追逐的红蜻蜓，秋夜的灯笼
自己孩时懵懵的感觉，都早已烟消云散
现在你不正悠闲，吊灯下
一页一页地翻阅着乡愁

小时候，盼着自己长大，早一点儿
看到以后迎面而来的重要的
大了才发现自己，丢失了童年
大了才明白，重要的都在身后发生
很多事，没有得到，想着就自觉得十分美好
得到后，不过尔尔
一切生活，到了最后，那都是
得到的同时也是在失去
年轻时爱什么都不为过
年老时放弃什么都不为过

种瓜得瓜，种豆得豆

一个人考虑柴米油盐时
懵懂的青春就结束了
跋涉沙漠去
去那长天寂寥的沙漠
明月为你导航
千古不变的明月
是疗治人间伤痛的药丸
你会读懂月缺月圆
画出人生的圆满

一个人以文字为谋生手段时
灵性就死了，远方再也逃不出1.5的视力
下海去，去那长天下寂寥的大海
一颗星会为你导航
千古不变的启明星
用一小撮强光照透了希望
你看，春天正笑靥靥而来
幸福的彼岸在招手

沙漠是大海的海滩
只是这个海滩稍稍大了点儿
海水是大号的泪水汗水

只是这个水量稍微多了点儿
我们得踏浪涉沙，因为
春在路上，花开路旁
所有的美好都在路上
那就让内心把沙漠与大海盛着

人生总是问题不断
命运往往都有答案
欲收他日之良果，必种今日之好因
别让鸡零狗碎的事
耗尽你对美好生活的所有向往

眼光真的有差别

海水能够让太阳洗澡
露珠也敢大胆剖析阳光
太阳只有一个

从汗水滤过的粗布杂粮
从汗水渗出的锦衣玉食
是没有贫穷的差异

为什么，你仰望星空，看到的
月亮与我所见却是两样
此地有时彼地无
此时圆时彼时缺
你在欢聚同乐时我泪洒离别

其实月亮只有一个
之所以迥异，一定是
我们的眼光不一样

每个早晨，太阳升起，阳光四射
有人就看不到阳光是奔自己而来

同样，也没有人会消失
只是有人只跟自己喜欢的人联系

在意才是自己的世界

一只小黑狗
时刻评估着我的一举一动，精准地判断着我的每个细节
而我对那只狗
人类的屁股上若插上一根尾巴
我巴不得天天对那只黑狗摇尾乞怜
在意我的狗，与狗在意的我
便是我俩的全世界

庭院后面一棵树也很在意我
总是及时而精准地，用树荫，用微风，用黄叶，用果子
讨好我，在意我
我也在意着那棵树，几乎每天都去看望
看嫩芽吐，看黄叶飘零，看花开，看树节节生长
在意我的树，与树在意的我
是我俩的全部世界

人世间，熙熙如鲫
在意我的，同时我又在意的人
我用了一辈子的盘算，算来算去
一生中就那么几个人，然而就这么几个人
确确实实构成了我那丰富多彩的全世界

主角与配角

张华考上了北京大学，前途无量
李萍进了中等技术学校，前途光明
我在百货公司当售货员，前途美好
《新华字典》在1998年得出
我们都有光明的前途
有人如风雨而来，微尘而去
有人心有猛虎，细嗅蔷薇
有人鲜衣怒马，不负韶华
有人潦倒一生，惯看白眼

别忙着结论，生活字典说
屋檐再大，是别人的
伞再破，是自己的就好
没有谁上了幼儿园大班就豪言收拾谁
生命的角色只由主体裁定
一头扎进自己生命的池水中，那儿才是自己的舞台
自己才是主角，别人才是配角

这不是宿命，是天性
婴儿出生的第一声啼哭，便宣示了自己就是主角
父母或许是恩人，是贵人
但父母也只能是婴儿的配角

戏与生活

"蓝脸的窦尔敦盗御马
红脸的关公战长沙
黄脸的典韦，白脸的曹操
黑脸的张飞叫喳喳"①

好人、忠臣一出场
我们就欢呼
坏人、奸臣一登场
我们就愤怒
一段时间里，好人坏人一目了然
人鬼分明如泾渭
戏是我们的生活

接下来的时间里
戏看多了
渐渐地生活成了戏
狗依旧戴上狗的脸谱，还是狗
鬼依旧戴上鬼的脸谱，还是鬼
只是人的脸谱在变，而且不匹配

这个人世间，最让人害怕的
不是鬼，是人

注：①《说唱脸谱》的唱词，由阎肃作词。

决定事件的是耳朵

夏旱、秋旱旷日持久
记忆深处
秋风瑟瑟、落叶铺满了黄昏的路
踽踽独行，遥不可及
怨尤之词
谁家秋院无风入，何处秋窗无雨声
也成了奢望

枫叶红了
没有滴血
没有燃起熊熊火焰
只是顺应季节呼唤
秋来了，秋深了
秋凉秋雨秋愁也该来了

那个谁，风神失职
忘了推拉风箱
那个谁，雨神逃遁
久旱逢甘霖成了当下神话
那个谁，这么积极
如此炎热，不忘添加柴火
让万物失去热情，只有燥热

万物挣扎，嘶哑着呼唤
雨来吧，风来吧，带着喧嚣
然而，我们不要忘了
决定故事的，确定事件的
不是声音，而是耳朵
我想，天宇在今年的夏秋二季
耳朵一定给堵塞了

诱饵

鱼与蚯蚓彼此抱怨
鱼说，如果不是你作饵
我不会上钩
蚯蚓说，如果不是你好这一口
我不会被捉来当饵

梦如果成了诱饵
你得远离喧嚣
眼盛星空
心向远方

不，梦不是诱饵
生活才是
梦只会与你做一些平等的交易

人世间，生命与生活
谁也不是谁的诱饵
二者不会互掐
二者是鱼水，好好生活
才是最好的生命珍惜

有抱怨，就有不顾一切的破坏

若不改变乌样，若不闭上乌鸦嘴
乌鸦在北方还是在南方
都会被驱赶，都会被石击

上苍给了你一副丑的皮囊，如一副烂透的牌
你不能去诅咒，埋怨
只能拼尽全力去打好这副烂牌
如同自己竭力让灵魂有趣

上苍给了一个不漂亮的皮囊
如果滋生了一个会埋怨的心灵，那么
白天羞于照镜自怜
晚上不敢安宁，不敢细瞧灵魂，与之对话
若抱怨，灵魂更黑，黑过黑夜的黑
人间或许不公，或许不平，你若较真
如同油画不能细看，如同黑暗寻找黑暗
只会更黑

哪里有爱，哪里就有不顾一切的信任
哪里有恨，哪里就有不顾一切的荒芜
哪里有抱怨，哪里就有不顾一切的毁灭

小野草与大原野

一个孤儿
大年三十
在父母坟头痛哭
三四岁起，便跟着年迈多病的奶奶生活
一点点撑起破碎沉重的生活

这个世界浩荡宽阔
有人需要的只是小小一点点
譬如，父母一点点关爱，孤儿他没有
譬如，旁人一点点关注，孤儿他没有
譬如，街道上一个废弃塑料瓶
孤儿需要走很长的路才能拾到
孤儿却有一点点人前乐观、奋斗与抗争

我们留不住人，拦不住时间，也拒绝不了苦难
所能做的就是守住自己的善和德
还有尊严与奋斗
那是一个人骨子里的金子

荒凉的原野，长满了孤独的人
善与德是野草的绿与骨骼

抗争与奋斗
才把“人”字扶稳，也才能
盛下一点点月色的晶莹
和一点点阳光的温度
那片原野
才气吞山河，才磅礴万里

饶了世界的吝啬

沙漠里除了一株仙人掌与它周边长的荆棘花
空无一物
别忘了，一只沙鹊
已在荆棘丛里蛰伏了一个昼夜
只为了那粒露珠

这个世界
你心若如云，一定无风
难得自由自在
你意如流水，一定乱石丛生
沟渠交错，难得任尔西东
行路难，行路难
也在山，也在水
行路难
也不在山，也不在水
一定在人情反复间

命运教我们
待时，平欲，蛰伏。还教
我们饶了世界的吝啬
人寡欲，生命就失去了意义
欲望若熏天，就成了索命的绳索

拴住了人的个性与尊严

这个世界很吝啬
或许扼杀很多人于危厄
或许也救了不少人于贪婪
那就宽恕世界的吝啬
珍惜当下的一切

老人的思考

一只空酒杯横躺着
杯口正对窗口，窗口空洞
远方是泊着炊烟的黄昏码头
再远处，是夜的海

老人静静地坐在木房中
这是一座上了年纪的木房
四面漏风
陈旧的塑料，报纸糊着
如一处垃圾收购点
夜如潮水漫了过来
情无声无息

不远处一块工地苍凉
时断时续的打桩声
有时轻如单薄的汗衫
如一枚落叶，飘在秋凉的风中
今晚，却闷声如生活的沉重
一声声如旧时动力不足的挂钟

老人轻轻叹了一声
浑浊的眼睛看出了美与忧伤

再不堪的事物都是美的
美在它的一次性

日子如水，怎么也拦不住
流向日出日落，流向月寒盈缺
旋即消失得无影无踪
连同今日的凄风漫卷
也是一次性的
连同我们多灾多难的人生
也是一次性的
世间永远没有同一个型号的人
也没有来世

艰难的虚实人生

你是跑在人群中
真如一众草书里不慌不忙的行楷
你是走在街上
真如莽莽草原静悄悄的一行小溪
你是行在暴雨中
真如放学奔出校门的儿童

显得另类，与众不同
常被嘲笑痴、傻、呆
很多时候
只因你比别人远
比别人超前，更接地气

人活着不容易
不知什么时候该实
不知什么时候该虚

杂草也是有用的

玉竹栽培，第一年
一般是不除草的
杂草疯长铺盖，玉竹瑟瑟发抖，躲在草丛中
杂草不但无用，还剥夺了玉竹生长的空间
杂草悄悄地挡住了太阳的炎热
来年玉竹后来居上
把杂草挤出了领地，无踪无影

书看了一本又一本，一遍又一遍
掩书便忘，如竹篮打水
一次次洗净竹篮，竹篮洗净了
书读多了，模糊中
我越来越能沉得住气，不亢不卑
渐渐地辨认出对错

所以，在人间生活的人
不要在自己的心田上只栽满一种作物
栽点儿水稻，种点儿小麦
能养活自己与家庭
栽点儿玫瑰
能滋润理想与浪漫
也要长点儿野草，无用的野草

不会辜负阳光
抵御了沙漠，保护了水土

而这些杂草
可能是一些闲聊，不深的嗜好
可能是一些小爱好，不伤大雅的娱乐
还有一些养生的小手段

爱也是一种过错

一片树叶
用肆意与破落，演绎一生
喊醒了季节

你，一米八的个儿
曾生活得肆意且破落，如那片树叶
饮过烈酒，爱过烂人，交过损友
岁月一如既往，把你捶成腰驼身缩
你一直在喊着爱，溢满了内心
却没能喊醒人间
人间依然故我，一直不停地下垂

你是个为爱而活着的人
这是你一生中最好与最坏的话
说起爱时，你笨拙而眼泪盈眶
以为爱足够抵挡一切
结果没有化解灾难，安度一生
只是把自己感动得一塌糊涂

爱是糊涂的，但你的爱是一种独醒
在人间，有时
也是过错

要借光，也要发光

人生如旅
旅中有途，河流，隧道，羊肠小道
借一点儿光，打量江湖海洋
认识旋涡与水流
借一点儿光，打量山岗
认识荆棘与鲜花
人们都说光来自天空

是的，天上的光也不是轻易可借的
有时光一直潜入了
乌云，有黑夜还有阴黑
人得阴阳怪气
一方面要开出有光的路
一方面要贮藏沿途的沧桑
旅途中，我们看见有光
在一些人眼中闪烁
在另一些人眼中却是回光返照

美好的生活

直到昨天
我们从未谋面
只是在文字中礼尚往来
其实，我们的友情很浅也很深
浅到不识谁是对方
深到见对方名字就亲切

今天我们见面
在甘肃泾川的一个地方
小地方有一块大荒野
荒野里我们点不燃篝火
风太大，寂寞太深
没关系，还有月亮
我们依然可以共话沧桑

潦草的人生中
有人坚持灵魂清澈
荒凉单调社会里
有人灵魂有趣生动
如此相识于荒野中
听劲风，看圆月
何尝不是人生美好

不为忧伤碾碎

一个人默默走向远方
这是他例行的散步
前方是一个巨大的废墟
静静地卧在夕阳里，夕阳染醉了悲壮

为什么，我们总是与命运磁场不同调
为了与命运一次简单的温存
需要翻山越岭，命运坚决
用南墙来说服顽固的我们
再多的道理无用；命运坚决
用磨难点醒懵懂的我们
再多的说教只是噪音

万物煮在时空里，沉浮
而人是活在磨盘中，碾压
日复一日碾碎，不要埋怨
生活唯有如此，我们
才没有通体的锈
才细腻，细节鲜活
才避免，太过粗糙地度过一生

是草就通体盈绿

我们是根根野草
匍匐在大地伸颈，呼吸
伸出了头就叫出息

风来了
草只是欠欠身子，我们却不争气地动心了
野草说，不会游泳
只换游泳池是没有用的
风捎来口信说
太阳落山了还有月亮
草民还有另外的人间

大唐从未远去，人人都是李白
你的长安是你的长安
李白的思念还未到
那么，你就尽情打马畅游长安街

轮回的只有四季，人间没有轮回
草民只是一步步走向生命的终点
沿途经历的只是一件件永不回头的丢失
那么，真的把自己长成一株草
春夏时，就通体翠绿吧

种一亩月光

记忆的镣铐狭窄
紧紧拴住你不堪的忧伤

种一亩月色
夜色正好，月色无瑕
就对月下一汪井泉钟情
就如钟情一位佚名的眸

月下藏有安之若素，佚名的花朵
山水澹澹，氤氲泱泱
我只是一只像极了泡浸馥郁的蜜蜂
在倒映湖底的澜影，吟游

也不知何时，阴雨连绵
青山远景忧悒
雾迷而深谙世故
思绪缥缈深陷泥潭
不慌，还有一朵佚名的蘑菇
足能庇护土蚁的身躯

尾巴的功能

一只青蛙哭泣
天啦，我的尾巴什么时候丢了
我怎么能让儿女们牵着过河

小时候，父母总是
把手朝身后伸去
我习惯用小手紧紧抓住
如小猴抓住母猴的尾巴
在人间，不再跌跌撞撞

今天，我也向身后的你
伸出手
但是不要认为
我在屁股上装上了一个尾巴
摇尾乞怜

大为是无为

没有谁燃起篝火，就能招来炎热
比起人们竭力的大为，远不如太阳的无为
你看太阳什么也不做
稍稍挪动一下
地球就四季分明

谁在拼命地鼓吹
一杯热茶蒸汽飞腾
但比起月亮的无为，竭力鼓吹不值一提
月亮巡逻到钱塘江的上空
钱塘江就翻江倒海，大潮汹涌

人们习惯于努力，习惯于折腾
这些作为如同野蛮生长的树叶
看起来必不可少，但树叶
随时会跟着秋风私奔
赤裸裸的躯干露于天地
任由风霜寒雪侵袭

那就无为吧
无为是一首简短却意义深刻的诗
人们踏足原本繁乱

原野祥和，寸寸土地上生根发芽
如同，攥紧的种子放下
或许长成一棵参天大树
或许只是大地的一粒沙石
那就放下执着吧
心灵才无牵无挂，无拘无束

无为，不是马放南山
牧人躺在山坡上晒着暖阳
无为，一座曾经热闹过的古刹
荒芜了，唯有一声佛号
与远处一摊清冷的月光
安谧而寂静
等待由远而近的脚步声

没有量身定做

人世间真的没有量身定做
比如，量身定做的爱情
比如，量身定做的成功
比如，量身定做的结局

然而，人生是一条或长或短的河流
注定要穿过万重山峦
注定最终消失于大江大河与大海
是泥沙俱下，还是清澈可人
不可量身定制
是风雨交加，还是霞光下熠熠生辉
不可量身定制
是一路艰难坎坷，还是风调雨顺
不可量身定制

没有一条河床是量身定做的
没有一条路是为谁而量身定做的
这个世界上哪有什么量身定做
只是偶然中有必然
一次次的点点滴滴
积攒起来，就是一生

黑白理论

儿子是至亲，自己的孩子最好
老婆忙上忙下，还是感觉不如别人的老婆好
这，不是睁大眼睛
就可以看到所有的东西
白是另一种黑

二十八种脉象，我切出
何脏何腑病了，病得如何
中医的黑箱理论
不是所有的东西，都需要睁开眼睛才能看见
黑是另一种白

白天我忙碌着，寻找自己
未来与前途，一团漆黑
黑夜我在梦中闭目
看见了自己局促的过往和偻佝的灵魂
点点晒在阳光下

这又如何？不必焦虑
你只须竭力生活，过好每一天
其余交给上天，上天自会安排
因为上天也弄不懂人间的黑白理论

假如不能只是假如

我站在门口，张望四处
无根的风吹过来，但我知道风的名字
何方来，何方去

我站在门口，眼前的路，异常清晰
一定是他人的路
假如拾起，轻松
但丢失了灵魂

我站在门口，眼前是一座桥
桥面宽广得迷茫无边
有名字的风吹过来，我双手也握着指南针
夜里没有星星，天明不见太阳
人生如此彷徨，荒唐如戏剧一般
有人高深说，你把初心丢失了

那就自娱自乐吧，让自己湮灭在无人问津的日子里
即使过得再不好，落魄在梅雨季节
晦暗中，有人依旧盼着明天的太阳
落日楼头，残阳千里
明日依旧，但愿不是
假如只是假如

用梦来填补断裂

大地低洼断裂之处
用水来灌注
于是大地长满了江河、湖泊
还有星罗棋布的山塘
于是才有了船帆
有了高于渊底之上的雷鸣与风雨

沙漠里的沟壑
风一直在吮吸
一匹枣红色的马拒绝顺风
张开鬃毛，张开峋嶙纹理
奔腾，扬起满沟的岁月风尘

人生的断裂之处
那就用梦来填补
还有数不清的如拼搏、勤劳之类的“暗物质”
并接纳所有的仰望

别担心，所有的伤口最终会结疤愈合的
只有绝望才“干净”，才空白
只有绝望才虚无，没有任何营养

顾念自己所不见的

鱼只有在江湖，以水为镜
才能看见自己
人们拿片鱼鳞端详无限
由此以为自己就知道了鱼
会贻笑大方

鹰只有在长空，以蔚蓝的天空为镜
才能看见自己
人们若拿半爪精准测量
由此认为自己懂得了雄鹰
会笑掉大牙

鲜花在芳菲的世界里
才能看见自己
人们若闻着春风捎来的花香
由此以为自己清楚了花朵
无异于捕风捉影

秦时明月到了十五才能团圆
宋时天涯咫尺之间才能显悟
游子的近乡情怯
喋喋不休之后的无语才是真沉默

镜子里的你不是你
只有爬行过黑夜
只有历经寂寞的拷问
只有在黑暗日子里
流汗过、默默努力过
……
人生才能真正扎根
这些至沉至重的苦楚
这些人后的“暗物质”
才是成就极重，永恒的荣耀

谁若只顾念所见
谁就目光短浅，近虑连绵
谁若顾念所不见
谁就高瞻远瞩，独步天下
所见的是暂时的
所不见的是永远的

可以谈谈余生了

我可以一个人，坐在空荡荡的地铁上一直到终点
也可以，独自一人看电影到凌晨

我只是一束远方流浪的风
一个人流浪
一个人逍遥
并不是期待落空
不是被月色遗忘
桃花也是不为谁特意绽放的
阳光依旧
春风还在柔柔地吹

人们都说：
春天是暗恋一个人的良辰
然后便有夏天和他私奔的激情
如今我的生命，秋风瑟瑟
到了该谈谈余生的时候

或许有人以为我过得孤独
我只是想过得舒服

有容乃大

张家界是我国第一座国家森林公园，不是
三千奇峰，八百秀水
以及一众名胜
与阿凡达的“异域”佳景
而是一个天然动植物园
只是岩石大了点儿
她从不弃一株卑微的小草，一滴露珠
她从不嫌一只山鼠，甚至一只昆虫
成就张家界的实力

犹如一个人的强大
真正的强大，不是排斥
而是宽容，允许发生
允许遗憾，愚蠢，丑陋，虚伪
允许付出没有回报
当他允许这一切之后
他就强大了，自信了
这些便构成了他所谓的强大
成了他的气场
无言自威，不怒自威

张家界便成了一个俊俏伟岸的男子

与灵魂对话

空瓶适合许愿
黑夜，孤独适合与灵魂悄悄小话

风暖月光下许愿
十二个月会如期来临
海之涯近在尺咫
夜深人静时
灵魂才会在窗前种植阳光
你与灵魂相见，如花撞了春风
见万物，万物为杯弓
见灵魂，你为惊鸿

别急，一艘无根的船
漂泊在黑夜的海中
灵魂为你撑好一盏灯
岁月掐断了的光阴
灯光会弱弱地续上
未来的光景
灵魂会用力扯近眼前
人生前后完整，你就不再惶恐
哪里来，去哪里
深找到深，暗找到暗

方向对了
不必害怕人生何其之短

你现在还蓬头垢面
那赶紧去种桃树
好时光都应该当成宝贝
何惧一切成空

灵魂与幸福一样是哑巴
来时不招呼，走时不说明，不申辩
你若心诚
灵魂如幸福一样如期而至
仿佛告诉你很多，又仿佛什么也没说
但你双手确实攥紧了许多

形式很重要

富丽堂皇的大堂有两部电梯
都能显示楼层
一部还特别用滚动的
箭头显示速度，上下一层楼红色箭头匆忙地滚动四次
显示出努力与忙碌，乘客扎堆，等着乘坐
看起来有些哑的另一部电梯
上下一层，只费一半的时间
却让人不待见

楼上有一家公司
张三、李四两人刚入公司
同样一件事
嘴拙手勤的张三总是快速完成
然后坐在一角发呆
考核勉强合格
有表演才能的李四却要费一倍时间勉强完成
考核很优秀

汇报多少拉开了差距
工作每到一步
李四总是不厌其烦地候在门外
等待向老板请示汇报

内容简单，仪式却不能少

助理事后悄声问老板
老板神秘地伸出三个指头说
形式很重要
大家参与很重要
我的权威很重要

望着里三层外三层围着的老板
助理顿悟，中看的也是中用的
至于用嘛，在诗外
至于我很丑，我很善良也只能在忧伤的歌中
至于味甜的歪瓜裂枣也只能摆在路边摊上
至于，一身蛮力，一味埋头苦干
是对不起这个时代的伟大

第五辑 DI-WU JI

半居天上半人间

心安便是远方

是引力，让水拖着江河走向大海
是风，让云牵着群山驰骋大地
是阳光，让绿色揪着树木伸向天空
是记忆，让乡愁拉着你走向故乡
是古道，让瘦马驼着你走向远方

今天，把你拖到远方去的工具太多
高铁、飞机、轮船……
远方，一股暗香穿过遥远奔来
陡峭的山路预订了
星空也预置了，包括圆月和镰刀形的星斗
纵然前方不再是陌路，早就可以打马启程

只是，你造梦的心
也造起了一座山，一个远方
一个世外桃源
南山悠然见，修篱也种菊
一人的浮世清欢，一人的细水长流

抬头望去，无论身在何处，心安
处处都是桃花源，处处都是远方

春真的来了

从张家界回长沙，沿途
我忽然发现，春天确实来了
光融到水里，水倒映在光中
澧水、柳叶湖，还有蓝天
都透明极了

谁把春揉进东风里
谁把春揉进童话里
晶莹剔透
那就交给孩童，交给沿途树木的绿芽

如果人间还有忧愁与艰难
且把这些交给桃树的枝与干
虽然他们因此干瘦黝黑
还是吐出了粒粒桃花
鲜艳而生动
这可是世界上最爽朗的笑声，是响箭
也如同成人酒后激动的双眸，炯炯有神

真的噢，春确实来了
地有多大，春就有多大
天有多高，春就有多高

寄给你一个不完美的秋

都说秋最完美，风调雨顺
五颜六色的叶子是春天的花朵
白天有夏日的气温，夜晚有初冬的凉薄
一边吹着凉风，一边游览秋景
秋天真如一张漂亮的脸
每一处都均衡得没有一点儿突兀

即便如此，秋还是不圆满的
溪水瘦了，山枯色黄了
荷残了，芦苇东倒西歪了
看似圆满却破绽百出

而我偏爱一切不完美的事物
枯山、瘦水、弦月、老马、残荷……
这世界，一直都是四面漏风
圆满，从未存在过

我们光阴的故事里
有欢喜，有悲伤，有念念不忘，也有过眼云烟
今天，我把秋天寄给你
愿这一季，你安好，我亦无恙……

露珠的渴望

一粒露珠，不幸搁在
一块石头上，一片枯叶上
人和鬼都会暴露出来
不能耽误太久，赶紧去做河流吧
露珠内心渴望着

河水容纳着更广阔的蓝天，白云，青山
包裹着余晖与渔歌，用沉静含住灯火
和远方的诱惑

河流是有使命的，为此
偏执、坚决，不知悔改
为了一往无前
甚至是愤怒和野蛮的
用低伏的身姿，奔赴，寻找
不可阻挡
河水更多时候也是善意的
温柔时，用细浪拍打岸边
疲倦时，把自己打开在滩头

河水哦，露珠我想告诉你
我与你一样，拥有同样的水的宿命

被不可预测的命运牵拉
暗流涌动，永远的
不安大于宁静
曲折大于通畅
你我虽然有相隔之岸，但
在汹涌喧哗的尘世上
我也只能向前
或蒸发，或滚下
不能回头

柿子红了

秋风一晃
叶子就老了
喧嚣如千万的言语凋零一地
柿树成长了
不得不接受世事无常
柿果红了
不得不接受突如其来的无力与无助
那树枝不得不接受与柿叶的分道扬镳
那柿果不得不接受孤独与挫折

但也别太担心
掉落一地的永远是
闲言碎语
柿树反而简单了，心无旁骛
如那个蹲在墙根晒太阳的老人
心无杂念，内心澄明

成熟就是一场坦然的接受
就是咀嚼乾坤之后，不动声息的反刍

踏雪

大地被大雪染成了一张洁白的宣纸
那位独钓寒江的老翁，成了异色
老翁过于专注，没有回头
深处，还有一个游动的异色点

那是一个孤独的人
抱着一束玫瑰花
正在雪地上寻找月亮的足迹
到头却怀抱一片冰冷的冬季

他说白色只属于冬天
宣纸上的空白，连同他
余生的空白，
他都想交给一个叫月儿的人

烟火满纸

食谱与菜单就是张书文
写满的是烟火，溢满着酸甜苦辣
标红之处是七情六欲
顶格之处是人间归宿
标点之处是人间大大小小的喜欢
一般用得不多

落款之处，就是
你有名无分

来到海边

一个伤痕累累的人
来到海边
海的黄昏
暖阳轻泻
温薰万物
踏着人生慵懒的日子
时间被拉得很长，很长……
微小的幸福
满足了，珍惜了
便是人间的天堂

不要听从海鸥的嘶鸣
人生的意义
要长浪搏击
要无惧冷飕飕的海水与穿骨的痛
要征服，要横渡到彼岸
彼岸的沙滩普照着
醉人的暖冬，金色的光

不是去躺平，只是
岁月的冲刷
你的那张网早已残破不堪

先坐下来
把自己的心网
一针一针缝补起来

人生还有另一种诗情画意
只闻花香，不谈悲喜
喝茶读点儿诗词，不争朝夕
原来，一切美好
都不在他方

野草黄了

漫山遍野，草黄了，浩浩荡荡
由绿成黄，短短三季
由娇嫩新娘成沧桑衰弱的老妪

风蹂躏着衰草，前俯后仰
渐渐伏地不起
我站在草原上，草丛中
山河辽阔，一股悲凉之情顿生
一株草黄了是宿命，千万株草也逃不了草黄的命运
但整座山，整个草原，浩荡地黄了
让人无言悲壮，心生绝望
想起自己挣扎的一生，徒劳
陡然生出我与野草血肉相连的幻觉

随意被蹂躏，随意被砍伐
毫无怨言，大气不敢喘息
草木真的无心？若有，又交给了谁
望着潮涌的人群，我问道
而我们太多的人，一生如草，一茬接一茬，不断重复
青了又黄了，黄了又青了
青黄变幻之间就没了
一点儿内容也没留下

有疤眼的大树

有一年，一个牧童
深深地在幼树上砍了几刀
树依旧挺直身板，披风沐雨
日夜牧着羊群，牛群
牧着远山，牧着星月
那疤长成只只疤眼
目光坚毅，犀利，日渐慈祥
从不散乱

今天我与你相遇，我发现
岁月是一个拙劣的木匠
把当年牧童斧下光洁鲜嫩的树皮，换成一张老树皮
贴在我的脸上，粗糙，疙瘩累累
也没长出坚硬的痕眼
我的双眼空洞神散
岁月，你这个无情的木匠，日夜轮斧不歇
没能削出衰败与孱弱
却削去了精气神与勇气

我埋怨树来
大树你如此气魄
放牧了百鸟，小草，鲜花甚至森林

却独独遗弃了我
树沉吟半晌
当年削我树皮时
也削去了我年轻时的痴心妄想

艰难的生存

一只母野鸭选择在二十七楼
高楼的阳台，筑建产房
自从下了第一个蛋宝宝
不负责的公鸭就杳无音讯
母鸭一连下了十个蛋宝宝
为母则刚
独自承担起孵化的任务
但又不得不外出觅食，让自己不被饿死

八个鸭蛋因母鸭长时间外出觅食
缺少体温而冻坏，不能孵化
没有感伤，母鸭用嘴艰难地
将坏了的蛋一个个推出巢穴
那可是它的骨肉

最后两颗孵化成功
母子快乐地偎依在一起没有几天
一只雕隼从窗前掠过
巨大的灾难降临
鸭妈妈焦虑万分
站在窗户上不停地呼唤
引诱两只刚出生的小鸭

跳出巢穴，奔赴五公里外的小河

此时，好心的人们干预了
在地上架起了弹力网
早出壳一天的小鸭
战战兢兢跳下
后出壳的小鸭
在鸭妈妈反复呼唤下
犹犹豫豫跳了下去

鸭妈妈带着两只小鸭
穿过熙熙攘攘的马路
穿过一片片绿化带
但依然没躲过旺财的噬咬
老二瞬间殒命了
一只母野鸭带着一只小鸭
挺着胸，拍着翅膀
一摇一晃走进黄昏里

野生动物，生存不易
以至于不能让野鸭停下来感伤，矫情
感伤与矫情才是杀人的海洋

依旧迎花开

元旦，我站在橘子洲头西望
落日如锣
像极了股市的铜锣
一敲，敲醒了岳麓山
春天会有壮丽的孕育
一敲，敲醒了湘江
夏日里也有没日没夜的喧嚣

我还看见那颗落日
似鼓槌，拍卖行的槌子
一记重重地锤下，定音
定睛看见了
瘦落的湘江大桥
岳麓山西面绝望的落日
北望湘江深处荒凉的月亮

茫然的我心里一直嘀咕着
应以今天为界
上一刻的我一定与旧事归于尽
来年依旧迎花开

泥石流的宣言

假如一滴水
不幸搁浅在沙滩上
成了一摊死水
没有了未来

是的，这水失去了清澈
是的，这水失去了王国
小溪，河道，水塘，湖泊
退无可退，等待蒸发

既然世界不给予
那不妨更泥泞
抱紧泥沙，推着石头
勇敢地往深处跳下
把自己做成一股泥石流
掠夺，掠夺
直至枯竭

没有理由微不足道

我不相信自己只是一滴水
滴入沧海瞬间湮没
不相信？试一试
在熙熙攘攘的人潮中寻找
中不溜秋，千篇一律的脸孔中
谁是你

来到家乡大山里喊喊自己
第一遍
没有回复
第二遍
没有回音
甚至不能惊醒山鸟，一只也没有
父母却说他们听到了呼唤

离开那扇门
你就微不足道
不，那就不让自己离开
自己或儿女的目光
显示高大，不只是塑像才可以
一叶可以障目，也可以用尊严来垒塑
更有山一样的责任与重任

人如一小段光阴

我很悲伤地发现
人就是那么一小段光阴
波粒属性说明，无论长度，宽度
都是极小的
昨天的肉身早已不知去向
肉身迟早成泥

每朵浪花都有自己的宿命
如我们无法遏止的命运
海水留下一些东西，也带走更多的东西
犹如我们的手心
手心就这么大，握不住的太多

当下是手心能抓住的
不论酸甜苦辣咸
还是粗茶淡饭，油盐酱醋茶
好好体验，这里的每个时辰都有童话
用心感受生活的每一帧
展现给你的会是一片诗情画意

无论如何黯淡，你就是一段光阴
照耀或被照耀，一瞬间而已

一根木头

阳光拍打着窗玻璃
快挺起身子，阳光对木头说
春天来了，去做棵树吧
木头说，我唤不来春天
就让我做根拐杖，阳光正好
让我把需要的人带往春天的路

木头，这根沧桑的木头，你说
你做不了桅杆，做不了房梁
甚至做不了斧柄
甚至做不了扁担
一头肩扛天下，一头肩挑烟火
那就只做双筷箸
让我能夹着人间悲欢
生活是一场至死才散的筵席
是不可饮，不能饮
也要拼搏的一醉

木头哟
你既是我的筷箸
也是我的树，桅杆，拐杖，扁担
只要不是斧柄

枯枝挂着那滴露珠

这滴露珠，要求如此单薄
一点儿尖便是自己的安身立命之所
这滴露珠极力悬挂成圆润
只为能看一眼太阳

不，这是你我不经意的一瞥
这粒露珠，是
一场漫长的思念
一场漫长的渴望
倾尽整夜纯情的柔肠
俯尽一夜月光所有的明媚

恰如人类的那滴眼泪
世事千帆过
路尽头的月光和温柔
一叶一叶翻开的春光

二者都是贫瘠土地上
最新鲜的玫瑰
陪着那些心事重重的人
一遍遍看着这昼夜往复日升月落

一幅春天的画

几丝斜线如何，能如春风
一口亲在山坳上
一座大山脸上
若要露出怀春的红晕
得画几株羞红脸的桃树
春天江水澎湃是要多画几根波浪线的

万能的画笔与颜料
可否在这块荒凉土地的画布上
继续召唤春天
召唤绿意传染每一根草
红花笑脸靥靥
清澈的溪水响叮当
暖阳与醉风
召唤万物生长，草长莺飞
召唤命运的满园春色

春天如虞美人一头闯入我的三月
染香了岁月，让我
有了个一辈子的春天
春暖着我曾荒废的时光

绿叶衬红花

春来了
桃花装饰了正在桃花树下拍照少女脸庞的红晕
少女脸庞的红晕也装饰了桃花的美丽
但我总觉得缺少一点儿什么韵味
桃花的鲜艳映衬了少女脸庞的红晕似乎太呆板
少女脸庞的红晕映衬桃花的鲜艳
似乎太生硬

春来了
映入眼帘的除了星星点点的鲜花
五颜六色的鲜花不及漫无边际的绿
而这种广袤的绿最耐看

春来了
绿是如此地谦卑，鲜花正盛时
绿叶总是小心翼翼地藏在鲜花身旁
除非花朵累了，萎了
除非风的轻狂
绿叶才不经意，倏地一下露出马脚
恰如少女羞涩的微笑一闪而过
恰如旧时女子掩面一笑时昙花一现的皓齿

我在旅游

小鸟，一群在树上叽叽喳喳
一群落在门口东张西望
几只小鸡在去年破旧的荒草中啄食
荒草丛中绿芽小心翼翼地探着头
几只野狗不知疲倦嬉闹奔逐着，赶追着太阳
有只孤雁从山顶飞过

石头缝里能不断地长出新草，就像你
永远不知道，井水
为何能凉透骨心
永远不知道，公鸡
为何在这里打鸣是这么的惊天动地

我躺在冬暖夏凉的房间
喝着菊花莲心茶
写着一首叫流浪的诗
一个熟悉得不能再熟悉的来电
一接听，对方连忙说
打错了
这可是紧靠在禾田居风景区
一处不知名的风景区

生日快乐

今天是我的生日
一看挂历，发现年龄不小了
谁若去校对时间
谁就会突然苍老

一直以为自己是一匹黑马
蓦然发现，自己如老马卧在老树下
反复地，咀嚼着
瘦骨伶仃的日子

一只蜻蜓，向一湖碧水
伸展着火红的翅膀
只是立在枯死的残荷上
风依然在风中蹒跚
只是跌撞得更急，更冷了
阳光褪去了露水的新鲜
开始昏黄，弥漫无神
岁月使劲地摇动着我的一身沧桑
以致满头苍发

太阳依然早出晚归
月亮依然昼伏夜出

似乎永远不老
自己老了，父母更老

别恨时间了
时间如父母的爱永远不老
老了的只是父母，还有自己的那颗心
别恨时间了
恭贺自己一句
生日快乐！

一堆医案

打开一册册线装书，古朴庄严
病案精华，仿佛来到一垄垄麦田
月光下，麦子静默无语，熟了
迎来风吹雨打之后的间歇
沉甸甸的，一副取胜艰难的样子
其细节让生命哭了又笑了
在这浩荡里，如何找一粒白
让自己的灵魂住进去

灯光下，一代又一代医家背着月光在纸上挥毫
那个生长过万顷麦子的脊背越来越弯曲
医者，你们的幸福是一层褐色的麦子皮
爱是纯白的麦子心
我很满意流落在麦地里
如一只鸟
衔着前世的麦种播散

人间处处皆浪漫

一对孤苦老人，相互搀扶着
站在岳麓山顶的一块空地
眺望日落
岳麓山与远方落日之间
种满了绿树，点缀了块块绿水
与掩映在山水之间的楼屋
公路蜿蜒，汽车如过江之鲫
没有一处是芜荒的，原来
日落也温柔，人间皆是浪漫

生活有时给你的苦难只是铺垫浪漫
千万不要放弃
最好的东西总是压轴出场
只要有耐心等待
铁树会开花，乌鸦会说情话

人间小满好

有人奔赴十年
没能换得礼物
别埋怨
别赌气把理想丢在半途
也别把理想看得太神往
人间小满就好

岁月悠悠
我坐在这里
你坐在那里
中间隔着一摊月光
何必徘徊
偶尔牵挂便可
所以，人间小满就好

柳芽新吐
再也不是当年的柳
折柳的痕迹
被时光悄悄地抹去
为何一定要看清一朵花的命
看清一世的苍茫
人间小满就好

春天如期而至
有很多的花要开
亦有很多的话要说
那就把万千风情
交给千万的黄鹂吧
转眼高柳乱蝉多
人间小满就好

静下心来
听听，年华似水
尝尝，人间有味
斟一杯春风
何惧醉得余生糊涂，踉踉跄跄
人间无事便是小神仙
所以，人间小满最好

活成一个岛

一个岛怎么也挣不脱束缚
孤零零地沉浮
在大海的深处
彼岸不是你的靠肩
你也不是水与海鸟的肩靠
海鸟来了又飞走，你只是一时的落脚点
海水一触也忙不迭地转身就跑

岛噢，是如此寂寞而孤独
是谁让你避开所有目光
甘于寂寞独守这个安静
是谁让你终止了岁月的飘零
甘于孤独地拥抱那个简单的拥有
风干了伤口，淡薄了爱恨情仇

多少年以后，我终于老了
终于有一天与自己和解
磨平了一身棱角，放下所有的情绪
解脱所有的过错，冷漠所有的得失
微笑着面对曾经讨厌的人和事
独守那个角落的宁静
如岛，寂寞，孤独，且不动声色

去远方的蒲公英种子

西窗北风掠过
屋内，我把自己埋在被窝里
这是天堂在人间开设的分店
窗外是栽种过大片蒲公英的土地
荒芜不堪，落叶灰尘与北风彼此追逐
不见夏日的绿茵繁荣
原来，美丽易碎
原来，玫瑰与荆棘并存
原来，生活是泥沙俱下的

一阵风吹来，蒲公英赶紧撑开朵朵白伞
种子借风，去走一段很长很长的路
哪怕风来自何方，风又将何往
蒲公英种子无暇犹豫
随风去，又有何妨，人间，我们又何必慌乱
手持烟火以谋生，心怀诗意以谋爱
通往光明的路上，荆棘与坎坷遍布
你务必站直站稳，风雪过后
一起去看神明捧来新生的春

把鸡肠狗肚留给市井小人
你只管心怀远方淡定从容

江河从不日下

人间喧嚣
江河上两只船在竞走
一船名，一船利
人们捉捕时弄出很大的动静
如风不知疲倦，声嘶不力竭

但风却会奔散
流亡在天空
今年，天大旱
很久没听见雷声
是风驱散了云
还是风疲惫了赶不来云
天空如江河一般枯竭

这又怎么样
江河依然水滔滔
江河之上依然百舸争流
江河从不日下

第六辑 DI LIU JI

靠谱 人生的最好名片

我们的友谊

街角是心碎而逃避人的集散地
我们来到一个街道的拐角
恰巧又是一个破旧的高地
我们从清晨踯躅到黄昏
清楚地看到日出与日落

一想起太阳一升一降
买一送一
两个落魄人顿时明白
投入才能换回报
为了我们之间的友谊
不善饮酒的我
毅然地举起了酒杯

名字就是种子

人就是作物
一个名字就是一粒种子
随风飘散

不巧的是你被飘散在荒野边角上
长成一株野菊
这里的四季忤逆
现在已是寒风冷凛
你人生的夕阳红定格于暖和的秋季
结果命运的恶作剧，让你
瑟瑟颤抖在寒冬腊月里

好花知时节
你却错过了季节
这还真不是你的错
一定是你，这颗种子
撒错了土壤
长错了地方

孤勇者

独自饮尽人前
一杯酒
独自上岸人后
一片海

大闹一场，人生
如一朵乌云砸下
伴奏狂风闪电雷鸣
摔成九万九千粒水珠
然后，雨过天晴
悄悄离去

做好自己

一座山
树站不上去
草也贴不上去
但雪莲花可以，冬虫夏草可以
并不是无限风光在险峰

生存，各自不易
所求，各自不同
立场，各自不一
人参你不要在雪莲花的世界里
修行自己
梅花鹿你也不要在心中
强求冬虫夏草

落幕之前
做好自己

体面为人

你穿过原野而来
我看见了你满身的心酸与泥泞
你说，为人不能因此丢了体面

原野上长满了太多的美好
果实在讲述成熟的故事
不用开口，大地就大口吐出
稻谷、红豆、瓜果、野草、金蝉
还有满坡的野菊花，阳光温暖
照在一只正在爬路的蚂蚁身上
谁说生活艰难，生命沧桑
难道此时不也很好吗

你说，你也看见河水断流
河成了一潭死水
河道成了一条坑坑洼洼的烂路
你也看到了这个世界上的许多荒唐

为了原野的美好，生命的体面
你发誓自己做那个打不死的小强
一直不肯轻易地苍老
把梦想交给遗憾

这些不屈只是为人的本分
你说，人活在世上
需要一点儿高贵与美感
无关乎智力，财富，权力
只关乎内心底线，做人尊严，为人格局
只关乎勤奋努力的本色

难来了，大难来了
自己也能被叫成湘军
这或许便是国人的体面

生活很苦，自己加点糖

从五谷杂粮中
吃出甜味
说明成熟从容了
说明饥渴欲望强烈了
说明这个世界还在旅途上
不是停在某处码头上，只是
有人安步当车
有人奔跑匆匆
生命不能停息

生活很苦
那就加点儿糖
这糖可能来自玻璃渣儿
也可能来自山河星月的贺礼
管他呢
荧光本来不亮，因为
夜
需要一点儿光

每个梦不会一场空

一件有用的事，做了
或许是为了生存
一件无用的事，做了
或许是为了生活
有人追逐太阳，肯定是为了光明与温暖
有人在废墟中探望残月，也获得了日暮与星辰

灰白或许予了我哀曲
蓝色或许予了你忧郁
而繁色，让我们常常一无所获
无谓有用无用
一件事，做了
任何人都会有所得
只是你得沧海，我得桑田

沉默无语的传说
并非空无一物
藏在无人的森林深处
还会是森林
再贫瘠的岁月，也会长出什么
愿今后的每一个梦
不会一场空

成为朋友

成为朋友，基于共同的爱好与兴趣
不成为朋友，是因为立场与原则

一老一少两个人
生活在庞大的山里
山的一边是老者，另一边是少者
一人农耕拓荒，一人牧羊
山野百里，彼此是藏在微风中的喜欢
两人无论谁站在山顶
扯着嗓子喂喂地喊着
山中必会嗷嗷的回应
十多年了，两人时常相遇在山里的一处
一人唠叨他的翘着胡子的羊
一人嗯嗯地听着，不厌其烦
仿佛鸡语鸭听
却抵掌相谈，惺惺相惜
患难与共，如同旧时
父母之命媒妁之言而成的婚姻，心无旁骛

两人同行，都喜欢文字
两人都认为文字是药，能治病
两人恰好又对门对户

门与门之间的过道如同山的隧道
通达却很幽暗
彼此都未听到对方的敲门
电梯偶遇，点点头而已
似两个秋，没有交叉
一个是去年的暮秋
一个是今年的晚秋

一座山，孤独的两人
因为孤独成了朋友
是因为生存的需要
左邻右舍没有往来
是因为有了防盗门?
是因为有了让人窒息的生活压力?
还是因为彼此来自不同的人群，没有相同的根?

尽责也是一种珍惜

庄稼生长的门道
被季节守得严丝合缝
何时播种，何时收割
整个流程严密清晰
哪株蔬菜若想造反
只会落成命运多舛的反季节菜

人是不屈服于命运的
但是命运拿捏谁，从来都是
毫不在意的模样
你看那些牵手买菜
牵手看夕阳的迟暮老人
一生说短不短，说长不长
生命长度刚刚好
幸福的秘诀是，他们
一生中大都顺从命运
珍惜一切，珍惜每个当下

很多人有一个大幻想
工作，生活，社交之外
还有另一个伟岸光鲜的自己
瞧不上现实与当下

其实，当下的琐碎早已构成了你的生命
你以为的面具其实是自己真正的模样

懂事女人很委屈
老实诚恳的男人能担责
尽责尽义务是生活史上
最踏实的珍惜

认识自己，认清这个世界
然后爱自己，爱世界
就这么一辈子，就这么一个人
可以挑战命运，但逃不了宿命
放下幻想，焦虑，抱怨
珍惜吧，尽责吧
人生之途才风轻云淡

避世天堂

受了委屈
儿孩时，找父母，找师长，找哥姐
告状，撒娇，甚至撒野
老了，世界不公
屈辱，悲伤，孤独
可以对跟随的那只黑狗诉说
过去，狗很温顺，默默地趴在地上听着
现在，狗可能有点儿不耐烦，但也会打个滚侧身听你说
只有人在中年，壮年
恰如正当年的你
不公，委屈与悲凉，诉说
对着厚墙，森严壁垒
对着山河，空旷无物
对着大街，甚嚣尘上
明明有苦，明明愤懑
却不能启齿，渗不透凉
不是因为尊严而无言以对
沉默才能硬吞，诠释一切
强忍悲苦，细声细气地说
入世是修行，沉默即顿悟
与自己和解吧，为昨夜的自己守灵
自己才是避世的天堂

热爱世界

寒风骤起，声嘶力竭地打着树木
一场雪阴着脸急促走来
雪只是某些人的专属词
不是浪漫的诗

你在屋里忙碌，屋外却不见绿
没有推盏添柴
没有哄酒入肚

街道瘦落，落日绝望
郊外破败，乡村荒芜

但风在窗帘背后
悄悄地说
你还是要热爱这个世界

物以类聚才能抱团取暖

一群狼在茫茫雪地跑过
温暖冰雪的
不是狼的足印，是冰雪的洁白

如果心灵是一张白纸
温暖心灵的
不是纸上的文字，是心灵的纯洁

美好的生活
一定是由美好的人组成
不要试图去寻找，那些
如沐春风温柔体贴的人
自己先要成为那个美好的人

物以类聚才能抱团取暖

我们是雾，是光

你说你是渺茫森林的一棵树
你说你是茫茫草原上的一株草
错了，你说重了
人世间是纤尘不染的天空
人如雾，在雾中迷失
人如光，在光中走散
无枝可栖，无根可依
那么何惧口袋里颗粒无存
只求灵魂五谷丰登
让雾更重，让光更亮
何惧雾何处漂泊
何惧光何处奔走

感恩活过

任何活物都有命数
都是食物链的一环
一盘佳肴由一些生物组成
一一成了人们的食品
为此，世间多杀戮
也因此，怜爱也生慈善
感悟生命的尊严，即使一只蚂蚁
这些都是人的小情怀

看起来，我们一来到人间
自嗷嗷待哺起
不断地被投食，捕食
先成长，再成熟，再衰弱
直至成了被时光磨损的废品
不，我们同样也是一堆消费品
只是消费我们的只是
岁月，还有他人，甚至是自己

创造万物的大悲者也收割万物
其间不拘小节，不带情感
他让所有生物新陈代谢，也让所有的人死去
而我们却因为活过而一再感恩

简单点儿活

昨天，这个城市酷热难耐
孤独的人深夜里还在江边踯躅
今天，这个城市的风真大
孤独的人很晚了还没回家

孤独的人，简单点儿活着吧
固然，爬上雪峰吃烧烤充溢着豪迈
只是年轻时偶尔旅游浪漫罢了
不如做一块四季里的石子
喑哑无言，简单纯粹
花开不喜，花落不悲

孤独的人，简单点儿活着吧
固然，开着驳船追逐落日洋溢着潇洒
只是年富力强偶尔的率性行动而已
不如长成羊肠小道旁的一棵树
看着它的自由自在，樵夫也不忍下斧
到底自由散漫久了，不能成材难成作良木

孤独的人，简单点儿活着吧
固然，驱狗穿越冰川去看极光充斥着豪宕
只是凤毛麟角的一次科考体验罢了

不如做一尾可爱的小鱼
自由自在玩耍
在温柔敦厚的河里

孤独的人，简单点儿活着
固然，七老八十还能写着情书弥漫着浪漫
不如晒着太阳发呆，寂寞如天空
再怎么深邃，辽阔无边
千万年来依然如故，没有改变

孤独的人，瞧瞧这座城市
白天千疮百孔，夜晚却美艳暧昧
十点后的地铁
人人都有座位
灯光柔和
温馨一地，一地温馨
柔风温顺
轻轻地吹，软软地吹

关于吃苦的大白话

猫成了宝贝
不是猫捕捉了如何多的老鼠
狗成了儿女
不是狗把门看守得多么严实

穷人在享受，富人在吃苦
不是穷人苦久了该享受点儿
不是富人享受多了该吃点儿苦
今天，吃苦是件十分奢侈的事
穷与苦不再是一根绳上的两个蚱蜢
富与享受不再是一根藤上的并蒂瓜

今天，穷人安逸，惬意
刷刷视频，吃着即点即到的外卖
一点点地销蚀，沉沦在甜蜜的陷阱中
今天，富人为守住半壁江山和摇晃的地位
一点点地精进，吃苦，奋斗
自觉绕道享乐的陷阱
鱼解深潜鸟解飞

苦难是恒定的，如同人的一生
能吃九吨食物，谁先吃完谁先走

消除苦难的办法唯用吃苦解决
如点滴移山，不能投机取巧

吃学习之苦
无人能抢走你大脑中的书与梦
吃自律之苦
自律决定一个人生命的宽度
吃劳动之苦
勤劳决定一个人福气的厚薄
吃思考之苦
思考决定人生的高度
吃坚持之苦
坚持决定人生的收获

生活冷酷，不会惯着谁
无端地把谁宠成猫与狗
主动去吃苦吧，熬过去
美好才会缤纷而来

燃烧过，灰烬才纯洁

果子经过秋霜的反复煎熬
皮皱了
涩去了，甜了

一大堆胡思乱想
经过理智之锅的反复煎熬
只有短短的一句话
但分量重了

弥留之际，老人102岁了
严苛岁月反复的煎煮
残酷生活反复的煎炸
脸自然皱了
言语木讷了
行动迟缓了
我们却从他的眼中、心中
看到了舍利子

煎熬过的才纯粹
燃烧过，灰烬才纯洁

让欢乐收留自己

疲惫的生活
应该有一个温暖的人与一个温暖的梦
不，一个好的心情也很不错

粗茶淡饭品出甜味
这是生活的真滋味
生活原本就是一锅粥

欣赏鲜花挂着的露珠
这是鲜花沐浴过的琼露
与佳酿醇香一样，让人顿生愉悦

池塘夕阳的倒影，是黄昏的酒
偷喝一口，让人一醉方休
人间的一切美酒，爱情，欢乐
无足轻重

你不快乐，这一天就虚度了
这一天就不是自己的
如同月亮无语，却有明目
若看不见蛙鸣，蝉叫，萤火虫
就不叫皓月当空

喜悦是人间的明月
人间才不坠入荒芜
花海才不凋落泥土
欢喜是生活的免疫力
滋养着生活的风轻云淡
你欢乐，你在这个世界生活过

那就让欢乐收留自己吧

热爱生命

当体内的绿褪下时
蒹葭就得把波涛还给江河
这秋，颜色一直在褪
直到黛暮苍茫，水瘦霜白
直到寒风卷尽一秋虚无

眼前的这位老人
精气已褪去，如老树沧桑般枯瘦
但神还在，恰如树叶的翠绿
高高挂着，路旁刚移栽过
香樟树的秃枝上
寒风中晃动，久久不肯脱离
那老人，那树叶
就这样搁在深秋黄昏的时光里
如同走向废墟的苦僧

万物无一例外地丢进秋里
老人成了人间苍老的寒蝉
但他不会胡乱喊，他清楚
喊与不喊一样
秋霜照白，露水沉
河流照样应时寒

那就多留一些默言
如同留白
留白处，旧事泛黄

秋风卷走一切
草木一生走不过秋
人生之秋之后
剩下的只是一片虚无
老人说，唯有生命热爱
才不会如风，无踪无影

关于爱

如果健康有色彩
疾病是一种不协调的杂色
中医人创造了一系列补救措施
汗吐和下，温清消补
把杂色或剔除或掩盖或稀释冲淡
力图恢复健康本色
别忘了，这些技术只是手段
收复失地的还有别的颜色
爱是其中的一种颜色

人生四季轮换，天气时刻颠簸
春兰秋菊，草长莺飞，夏雨雨人，用夏变夷
落叶知秋，薄凉人悲，傲雪凌霜，雪虐风号
不时穿插陈雨，凄风日紧
不时降临晴空盛夏，风雪缤纷
爱是其中的一个天气

人生百味，酸甜苦辣，苦楚不少，最是绵长涩与酸
大事小事，难处一串一箩，尽是无解绳
风雨雪霜腊月晨
春风与暖阳何时归
爱是其中的一种味道

天道不可违

我是医生
绝症病人
我能做的是陪伴
陪伴病人临窗看落日
陪伴病人搏斗死神
与家属一起沉默陪伴

命运面对，生命面对
我们必须示弱
必须服软，早点儿示弱
大限临终时刻来临
才举手投降已经无济于事
早点儿检查，早点儿养生
小病不能拖延

高高举起双手，如树枝
承认生命的弱，不要强留落叶
悲壮如瓜果艳丽，美好
只是一瞬，迟早腐熟
离开执念，绕走死胡同
生命才有真正的美
天道不可违，顺应吧

自己就是救自己的那个人

中国为何如此欣欣向荣
弯道超车，有人说是因为
神州大地有几亿老农，他们
深深懂得天人合一

大道至简，夜里
我们看得比白天更远
艳阳日，我们只能看到
一万五千公里外的太阳
夜里却能看到，几百万光年外的星系

大道至简，擦亮眼睛的只有自己
又比如，孤寂时也许是自己
才能正视自己的黑暗
看懂自己的灵魂，洞察世界的真相

比如，唤醒自己的只有自己
一个老中医，尺关寸把后，对病人说
救自己的只能是自己
还有，每个人在至暗时刻
总有一个人把你拉出泥潭
没人时，自己就是那个人

一切都会过去的

儿子，你一出生
我发誓要做你的海
让你一生不担忧岸在何处

现在，我不希望你是个单纯的人
如同温室的花朵
不太单纯的人世间
你若能阔步前行
更需要傍身的利器
比如胆识，比如自律，比如勇气

还有一句
一切都会过去的
与你结伴而行
成为一道坚固的海岸线
支撑自己走过一年又一年

信仰其实就是块玻璃

一块玻璃
其实是一堆沙
两千度的煎熬，去渣，萃取
炼成火眼金睛，不含任何杂质
纯洁清澈得如同虚无
风止步，雨止步
仅容阳光穿越
直到破碎，四分五裂
才知道玻璃柔弱背后的理性
尖锐和锋利
割破虚伪，甚至割破坚壳
直至割出本质，割出血来

一堆胡思乱想
丢入生活的熔炉
烧尽私心，去除杂念
留下的只是一小撮透明的坚硬
有人称之为信仰
而我称之为“玻璃”
你看，人们以之做成玻璃房
再寒冷的风也和顺
再疯狂的暴雨也温柔

人们扛上它
能忍住路途上的一切痛苦

有人相信信仰是玻璃，修任何一座城堡时
不忘用玻璃做窗，结果修成天堂
有人图简单怕麻烦，用纸糊窗
以空洞为窗，结果修成了地狱

要谋生更要生活

谋生时，生活是扁平的，路上铺满了阴影
生活时，万物才立体，抬头就看见太阳
以及无数个跳跃在树叶缝隙中的小欢乐

坚硬的情绪，消融在黑夜、酒与宁静
但这些要足量，才能熬熟，等来轮回
一切人事，情缘太薄
只是一件季节性的外袍
走不出的日子，现在早已回不去了
岁月收留了悲喜，一丝不剩
包括一切光怪陆离

清晨到傍晚，每一步
都是丈量命运的尺
此岸到彼岸，每一桨
都是丈量生命的规矩
都会画出人生之月的盈亏
人生，一站有一站的风景
一岁有一岁的枯荣
你站着，倚靠自己
你的年龄才成为你生命的勋章

真正的活着

不是因为泪水是咸的
就等同海水
一滴泪就是人间最小的一个海

醉人的不只是唱得豪壮的烈酒
刻骨的不只是要死要活的恋情
一丝清淡，历久弥香
轻轻地回眸，魂牵梦萦
一句媒妁之言，父母就白头偕老

人人都奔向死亡
但并不是所有人都真正活过
如果一个人五十岁看待世界与二十岁一样
其间的三十年就白白地浪费了

看透世界，看淡人间
或许自闭，或许忧郁，或许无奈
最终都会失去
与人逢场作戏的兴趣

当世界一页一页地打开在眼前
有故事的人

不是惊蒙了，而是静静发呆
也不影响转身
在百元商店，农贸市场
安静选购
不思考，孤独忘情
当然还有一丝微小的喜悦

第七辑 DI-QI-JI

乡愁剪不断　亲情最连心

思念家乡

听着何纪光的《洞庭鱼米乡》
我想起了家乡元木山
往昔想念家乡时，总是在
山高月冷
光洁的月亮整夜整夜在山脊上奔跑

以往思念家乡时，总是在
寒冷月高
无比生辉的月亮整夜在雪地的深处孤独地挂着
今夜，泊舟洞庭湖
忽然想起了元木山
湖水淼淼渺渺
一曲《洞庭鱼米乡》悠远嘹亮
头上的月亮静谧甜美

今夜的月光温婉，是月亮
一头扎进湖水中还是扎进思绪中
像家乡的月沾染了李白的霜
飘荡过来的音乐如此安详
是湖水，是思念
是夜色，还是悠长的歌声
将月亮洗得如此干净皎洁

看望父母

又是一个周末
阳光遥远，正温暖慈祥
兄弟姐妹三家
从长沙三区奔去

房屋简朴，沧桑
推门聚来便是烟火
推门而出便是人间
父母是未镀金的佛

站在武冈一中操场上

——母校百年校庆纪念

我站在一中操场上
站着，站着
把明眸站成婷婷
把伶俐站成睿智
把幼苗站成大树

站着，站着
一股浩然之气
从涌泉直冲百会
骨头硬了，脊柱直了
百年了，我看见
一拨拨脊梁深深散插
莽莽的大地，神州的大地

站着，站着
把贯穿校园的大道，一条百年的古道
站成两厢枯枝逢春，一条康庄大道
千万莘莘学子，裹着一腔热血
以梦为马，沿着资水
黄河长江如打通的任督二脉

经络通畅，五脏强壮
五岳站成金木水火土
演绎无限，万物生苏

站着，站着
一百年的风声雨声读书声
站成天宇盈满，资水奔涌
裹着云山千年古树的种子
播散在神州大地上
成长，开花，结果
长成现代的、当代的
盘古、女娲、伏羲、老子、孔子

站着，站着
我后悔，为什么
不让自己的子女
也到这儿站一站，因为
这里的春夏秋冬百年，倚何

今天，我站着，呆呆地站着
在这个你百年华诞的日子里

逢高必登

站在资江岸边
再如何狭长的眼睛
也是无法捕捉全江水的横冲直撞

能拴住资水的是洞庭湖，是大海
能柔顺汩汩滔滔的资水是三湘大地

但也不要沮丧
我们的眼睛虽然擒拿不住两行泪水
你若愿意登上云山
资江不过是威溪水库流出的一条逶迤的柔带
你若还愿意站得更高
比如云端
资江不过是洞庭湖某处漂出的一根纤绳

窘迫的人噢
不要顾影自怜
世间也有很多的事物经不起高瞻远瞩，所以
你要做的是逢高必登

家乡老屋顶上的瓦松

人类说，我们有超算，轻易地
算出地球的年龄，地球的重量
珠穆朗玛峰的高度
马里亚纳海沟的深度
撒哈拉沙漠沙子的粒数
甚至太空某处一颗星星的距离

也算出长在家乡老屋瓦缝里瓦松的
重量、能量、组成成分
甚至每个组成的分子结构

却怎么也算不出
这些低矮植物所占据的空间
算不出它们的清苦与努力
算不出它们扎在空中的根须有多长
算不出它们从风中借了多少水
算不出它们从月光中借了多少土

更算不出，它们在游子心中的重量
也算不出，这些本来长在游子心空中的瓦松种子
何时被梦衔出
种在老屋的屋顶上

父亲的双脚

我撞见儿子给爷爷洗脚
原来，人老是从脚开始的
九十年岁月沧桑一直在这双脚上打卡
我望着，这双脚，分明
看见一双废弃的满尘轮胎
看见一条搁浅的破旧木舟

这可是一双曾唤醒督任二脉的脚
似黄河长江涌动
这是一双曾登临五岳的脚
似金木水火土演绎
这双脚似草木的根
深深扎进大地，从未停歇

或许生命归宿是停下来
那么生命的本质是奔走
你看，快九十个春秋了
这双脚，依然以碎步的方式
在屋前屋后，丈量岁月的大片河山
从南到北，从北到南
从东到西，从西到东
一万步，一万步……

手足之情

你总能遇到一个人，不管他是你的谁
你都感到这世界，能让你兴奋

你总能遇到一个物件，不管你是否拥有
你都感到这世界，能让你幸福

你总能遇到一个回忆，尽管过去已经过去
你都感到这世界，能让你甜蜜

你总遇到一段文字，不管写得如何歪歪斜斜
你都感到这世界，能让你深爱

如果真的有例外，你一无所有
姑且就把自己视为那个人
把身体视为心爱的珍藏
把自己沧桑的独白
把自己的随手涂鸦
视为甜蜜、深爱、幸福

正如：
手视足为手足，足视手为手足

这就是父亲

在这个世界上，父亲
孤独，难懂，最难刻画

我用大半生来刻画父亲
画着画着，画出一块石头
那是我恐惧时，父亲成了一块踏脚的石
画着画着，画出一盏灯
那是我黑暗时，父亲成了一盏照明的灯
画着画着，画出一根柱石
那是我失意时，父亲成了精神上的柱石
画着画着，画出一副铜锣和鸣钟
那是我成功时，父亲是勉励又是警钟

直到一天，我发现一棵高大的刺楸树
仿佛一只巨大的刺猬高高站立着
一个鸟巢筑在树冠高处

我忽然明白父亲似荆棘鸟
苦心搭建一个完美的家
用数不清的荆棘抵挡刀叉，危险与伤害
自己挺身风雨，直面残酷

父亲借用帝企鹅的育儿袋紧紧包裹
燃烧自身储存微薄的脂肪，一直维持诞生的生命三十六度
不管风寒交加，不吃不喝
直到新生命破壳而出

父亲哟，你的关爱是那样地深邃
不顾出生的鸟将是如何
也不顾全心投入孵化的
是哑蛋，毛蛋，寡蛋
甚至坏蛋

这就是父亲

母亲节

一个八十五岁的老母亲
巍巍颤颤地为六十多岁的儿子熬药
药汤很热，她鼓起干瘪的腮
风从或缺的牙齿喷出
一大碗的药汤水雾缭绕

母亲仿佛匍匐在海岸边，向大海吹风
她一吹，碧波万顷，万朵浪花
她一吹，大海开了一场巨大的演奏会
奏出万种歌声

而这个苍老的母亲
她吹，她在吹
仿佛她是个大力士
吹跑病魔，如同送走片片渔帆

而这个羸弱的老母亲
她吹，她在吹
仿佛她是一头雄狮
一吹，一吼
掀起滔天波浪，万千
碾压久缠儿子的顽疾

一把老茶壶

从老屋的土砖缝里
拆出一个老物件
茶壶沧桑，不失慈祥，色调雅淡

没谁能鉴定出这把茶壶是哪个朝代土地的余孽
爷爷在时曾用它喝过茶
传说到他这一代时
是一对姊妹壶，孤壶值钱
狠心打碎一个
结果，留下的这个壶立马失去了茶饮的价值
因为珍贵，它被藏东藏西
以致后来爷爷自己忘了藏在何处

胃真是个好东西
能消化人间的酸甜苦辣
恰如这把老茶壶
把人间装进壶中
内心的煎熬与沸腾
浸泡出人生的冷暖与浓淡

我望着这把老茶壶，仿佛
看见爷爷的身影

看见父亲的身影
也看见自己的身影
清朗的壶面
光亮的壶面
正一点点儿地脱釉
正一点点儿地沧桑

一把老茶壶
在经年的冲泡沉淀着
即便无言纳万物，终究会躺在某处
唯有天地乾坤
这把硕大的茶壶，悠悠长长
盛装清风明月
装盛春柳夏荷秋枫冬雪
煎煮着一个个轮回四季
连同你我的人世间
人生何尝不是茶斗一滴？！

家乡的那座石山

沧桑挤满了山头，那是风化的骨头
是父辈用瘦骨嶙峋的脚，把苦难印满了全山
石与石之间，布满条条裂开的缝
如同父辈干瘦的脚后跟的裂纹

石头在阳光曝晒之后
也有喑哑的歌，绵长
带来的是花香，是虫鸣，是诗，是远方
我不止千次坐在山上
垂钓夕阳，多少文峰夕照
原来这石山也是夕阳中最帅的少年郎
这里有着父辈跋涉时佝偻的背影
是少年昨天出发的站台
也是我今日落叶归根的竹笛

不知何时起，石山苍老了
只剩下孤独，剩下单薄的背景
家乡的旧事，过往的荣光
成了游子遥远的记忆
石头却如老母亲，眼眶里含着泪水
念叨着，掐指计算着
哪一天游子能如倦鸟归来

家乡的那股山泉水

山里山外都有雾，你不曾忧愁
有风无风路崎岖，你率性自由
有雨无雨都得走，时缓时急
山高有好水，水出断崖根

纵山石拦着
纵塘坝围着
也要抓一把泥土
在神州跌撞，闯荡
写着一路曲曲折折的情歌
一路结伴，一路高歌向远天

而我尤钟泉水出山前的第一坝蓄水
这可是善良的穿衣镜
照出了人间的深渊
我怕水中自己的倒影
也有自己的另一面，试衣前不曾看到的背面
我怕自己水前待久了，就会
洗去一切杂念，灵魂被洗濯如婴儿之新
就怕回到现实，愧疚自己在试衣镜前摆弄姿势

家乡那轮水中的月亮

看见你被扔进荒芜与沼泽
看见你满身心酸与泥泞
看见你在异乡伸颈仰望那轮明月

不如去瞧瞧家乡那口老井
洗濯混浊，也顺便去把灵魂濯洗一下
陪同你瞧望井水的
还有那轮捞不出的月亮
这月亮，家乡井中的月亮
可以装上一百瓶酒
可以装上一千杯茶
够你喝一壶的了
在老牛反刍的岁月里

疲惫的生活需要一个温暖的梦和爱你的人
而家乡的井水与井中的月亮
可以满足，让你独自一人
抵挡千军万马

纯粹的碧田水库

一个声音反复叮咛
赶紧去远方吧
再不疯狂就年老了

今天，当我步履蹒跚
走在家乡的山梁上，那是
岁月把家乡的脊梁踩得
如此曲折弯曲
山顶之上空旷无垠
阳光绚烂却涂上一层清澈的清凉
山下静卧的碧田水库，纯粹
容不下一声叹息
湖水荡漾，溢淌着善良
太阳由此笑开了花

人生如旅，期待与谁相遇
与自己相遇，与父母相遇，与家乡相遇
珍惜这些你生长的土壤吧
这是上苍的恩赐，不论好坏

当我踌躇家乡山水
夏日阳光闪亮，看透了我

雨水与寂寞，看穿了我
月光看穿了我
原来家乡的山水最长人
空洞的双眼，不再空洞无物
心灵不再荒漠，精神不再匮乏
一颗随波逐流的心，不再茫然

人世间其实没有什么思念
只是有了离别，心灵有了牵挂
回忆若能佐酒
那乡愁便是一场宿醉
碧田水库的水哦
或许最能清理净往事的伤口
还有我在这里那段淬过的时光

中秋节

中秋观月
人们横生了无限的浪漫
比任何时候，人们的内心
集体盈满了爱

其实，与其说人们观月
不如说是月在看人们
用亘古不变的炯炯眼神

明月，赋予大地多少清辉
团圆，便还人间多少喜悦

看天上的月亮
吹人间的风
看着父母慈祥的目光
如此，中秋节
甚好！

悼念老友

走得如此坚决
难道你就没看到前方阳光灿烂
是不是因为你匍匐在那块玻璃后
太久，太坚不可摧
再强硬的翅膀，再坚硬的身躯
永远无法撞破这垛南墙
那不如就搁浅在这不堪的玻璃这面

热爱生命吧
不是什么都得去尝试
大漠荒芜，如果执意去走一遭
有余晖夕阳，还有浩瀚的星空
但可望不及，中间必然隔着层层厚实的玻璃
其实，风沙与尘土
还有遍布噬人的陷阱，就在眼前

这个人间，如同无垠宇宙
对每个人都虚幻
唯有活着才是我们唯一的财富
唯有亲情与友情才是可倚靠的菩提树
若愿意仰望
菩提树上空星辰闪烁

藏着星星的萤火虫

太空把宇宙做成了一个大玻璃瓶
把星星一粒粒装进瓶中

有人说过，星星藏着爱，代表光明与希望
为此，每滴露珠
每条溪、每条江河
每个湖泊与大海
总把水洗得清澈，明亮
以便更好地收藏星星

五十年前，我在家乡田野上捕捉萤火虫
放进玻璃瓶中
二十多年前，我带着儿子跑到郊外田野上
一次次重复捕捉萤火虫的动作
这些年，孙儿吵着要看萤火虫
我们守着电脑电视一遍遍
看着梦幻般的星空

大伙都说，有萤火虫的地方环保一定很好
他们不知道的是
每只萤火虫都藏着星星
同样藏着希望、光明与爱

家乡的小路

家乡的小路
高处看，如同铺在大地上的蜘蛛网
却比蜘蛛丝坚韧千万倍
粘住了山风，细细凉凉
粘住了水，清澈柔和
粘住了鸟鸣，啁啾山谷
粘住了鲜花，四季守信应时怒放
粘住了山，粘住了满山遍野的元木树

也粘住了更多的小路
如迷宫，更粘住家乡的父老乡亲
一辈辈，把整座整座山理弄出梯田
阡陌相交
如链似带，潇洒柔畅
从山脚盘绕至山顶
小山如螺，大山如塔

识字不多的爷爷

识字不多，成了爷爷
一辈子的遗憾
爷爷逢人就歉意地说

爷爷认识的字真的不多
不多的字
写出了惊人的诗
写出了皇皇厚重的小说

看着识字不多的爷爷
仿佛看着空荡荡街道的
贫穷与苍凉
街道的尽头
挂着绝望的落日
他正一步步缓缓地
往落日走去

看着识字不多的爷爷
荒野深处的月亮疲惫
他给了我一个
久久望着孤月的人的悲哀

家乡的黄土地

家乡的黄土地
淡淡的黄
没有黄金色的气势
没有银杏叶色的秋气
却黄得如柠檬果般亲切
有些酸涩，有些味甘
不热闹，也不羞涩
温馨，清香

记得自己离家外出讨生活的那一年
我植了一株柠檬树
乡亲们每年都对它伸手
向柠檬树下的土地里伸手
除草，施肥
如同阳光伸进柠檬的树叶

就这样
不知是阳光熬黄了柠檬果
还是黄土地染黄了柠檬果
柠檬的黄娓娓而来
如同一股浅浅的暖
染熏了我的布衣生活

石头切开了

临腰切开的石头，并没有玉
又切，还是石头
又切，还是石头
切了又切，还是没有主人想要的玉与黄金

这人世间，又多出了
几块多余的石头
这巨石，顽固如石头
纯粹得表里如一，内外无不是石头
切开的石头在哭泣，自此成了人间的弃子

这顽石，被抛弃的石头
顽固，纯粹，吸引了点石成金者
一位高僧将其中一块
雕刻成一座尊贵的佛像
一位创业者将另一块打造成公司的门牌石
一位文人在一块石上刻了一首李白的诗

还有一块模样峋嶙，实在想不出它的用途
父亲说，什么也不雕刻，搬运到家乡，就植在村口
人世间处处如风，总要有一件厚重
能牵挂住元木山人的十万八千梦

品享父母的爱

父母固执地认为
儿女是他们的骄傲
其实，父母自己
才是儿女的光明

如果爱是一场暴雨
占满了一条河谷
而儿女就是一条鱼
挤满了这条河

心是一面大镜子
为儿女操碎了心
碎了千片
片片都能映着儿女
不论远近，有爱就够了

儿女只需要准备
如优渥的人生
不需要准备昂贵的茶具与茶
只须准备一个品茶的心情

近乡情怯

一座座山峰
一条条小溪，江河
成了最熟悉的陌生
只有自己还是个遗老
挣扎在往事的泥坑里
失魂落魄
在熙熙攘攘，喧嚣连天之中
站成一段模糊的乡愁

来吧，让我把把脉
患上了什么毛病
气血依旧在封闭的经脉里循环
加上长夏，中医的五季在轮回
而我只切出芤脉
还有浮脉与虚像

母亲站在樱花园中

八十岁的母亲
缓步樱花园
满园樱花怒放，正值青春貌美
远远望去，母亲是唯一的枯枝
站在这些樱花丛中
母亲有些自惭形秽

殊不知，曾经十八岁的她
胜过她们其中任何一枝繁花
在子女的心中
母亲的美丽永远是盛开的
绝无樱花昙花一现

父母的元木山

父母退休后离开家乡已经二十多年了
每年清明节时反复叮嘱我们兄弟俩
再忙也要去元木山扫扫祖坟
他们百年之后也是要回去的

我们来到元木山后山的那道山梁上
父亲曾用家山柞木做成扁担
经年走在山梁上
一头挑起日出，一头挑起落日
一头挑起家庭，一头挑起家乡
头颅压住热血，统统扛在了肩上

油灯初上时，月亮提着洁白的裙裾
悄悄地爬上后山的那道山梁
灯下母亲给我们子女缝补起来
取下元木山做吊坠，挂在我们颈上
她说，吊线要长，吊坠刚好贴在胸口上
在那里，心尖处，石头也会跳舞

父母忧伤地说，元木山的山外应是
风雨交加，苍凉如铁
所有的苍茫都长在远山的梁上

家乡纳凉人

每到暑天，我就喜欢家乡的过去
那时小舍人家的日常
纳凉人
一人，一椅，一蒲扇
扇出属于自己的日月情长

暑天傍晚，一盏茶，一束山风
一声声蟋蟀的吟唱
便是静静的芬芳

那时那里的乡亲的荷包
可能只有些不足十元的零角子
却远富足于现在的我们
用六位数密码守着四位数的钱

乡下的孩子整天快乐喧哗
无忧无虑地笑闹着
你却备感亲切，一掬慈容弥漫在老者脸上
远胜过城里的喧嚣
让人厌倦，多少年了
城里早已禁止鸣笛

暮色中，晚归的老牛
踏着不急不躁的步子
踩着一抹夕阳回家
远山之外落日如相思豆
是乡下人思家的牵挂
生活就这样
日复一日，暗香浮漾

第八辑

DI-BA JI

中医之美美天下

镇住

辽阔镇不住宇宙，太空才能镇住空旷
冬天镇不住群山，大雪镇住了群山的奔腾
秋日镇不住家乡的扶夷江，一只鹭鸶的羽白
镇住了江水的汹涌
所有的灯都熄了，等待游子
家乡那盏唯一的灯才能镇住黑夜的漆黑

留白镇住了国画的喧嚣
寂寞镇住了中年人的苍白
一册发黄的《黄帝内经》
我翻读着
一个个深奥的文字如脚印
不是海岸脚印只懂得海浪
不是雪地脚印只懂得雪山
这些文字只是后世岐黄传人国医们
画瓢的杰作，窥豹续尾
深深地刻印在
历史长河的碑上，镇住了中医数千年

在《黄帝内经》中垒屋

我来到一片原野，野草茂盛
枝蔓潦草太乱，根须纠缠互掐
我想赤手拔出一条通向未来的路
搭建一座屋宇

野草芜杂，有刺，蜇人
一会儿，果然蜇到，手上红疹遍布
是啊，野草本在这里，根在这里
为了日子温顺，烟火温馨
这里的山民，勤劳
入乡随俗，随了这里的水土
让野草认识我，我也
认识这些野草，而不是一个游客，外人
偶尔到此

我翻开厚厚的《黄帝内经》
文字如野草茂盛，字字生硬杂乱如野草
蜇伤了我的眼，烧烫了我的大脑
岐黄说，不能用蛮力去拔，要用爱去浇灌
这些野草中长出楠木
用以修成庙宇
庇佑他人，也包括自己

一朵云

一段旅途，明白万物没有永恒
有家才能让脚生根

一朵云，这里逛逛，那里溜溜，漂泊
下着雨，难道是找到了家

那一年，你离开家乡，远方流浪
似云，来到杏林
那里是否也有你留恋的
泥土、星空
还有饲养自己的炊烟

我也一直盼望
你何时也来一场轰轰烈烈的春雨

中医诊疗

1. 把脉自己

我用右手把脉自己左手的寸关尺
仿佛我摸到山脉，一峰接一峰
一重胜一重，绵延不绝

当我用左手把脉右手的寸关尺
仿佛我摸到崎岖的羊肠小道，一弯接一弯
峰回路转，坎坎坷坷

2. 孤苦治疗

繁荣的城市里，夜色璀璨
某一个角落，他如一根电线杆
用孤苦生活来治疗热闹
用昏暗来治疗明亮

3. 多看一眼

城市的繁荣与喧嚣
他只能匆匆看几眼
稍微多点儿
就会染发绝望
这也适合阅读《黄帝内经》《本草纲目》
伟大的著作

4. 磨刀

他很努力地磨刀
总是一天天
生活却不提供，任何可以切割的东西
一生空有锋刃，只对虚无闪过寒光

如同，学过舞蹈、学过绘画、学过写作
学过插花、弹过钢琴……
十八般武艺，甚至熟背了整本英语字典
却讲不出一句地道的英语
原来世界上还真不乏屠龙之术

5. 高技能的普通人

心可以急速跳、缓慢跳
野心膨胀失败后，他第一次相信重力
胸膛里的几百克心
沉重得，像一座山

事后他痛苦认为
做一个普通人，成为他们中的一员
是一个技术含量很高的活儿
一不留神，他们就不会是他

6. 处处生锈

他天天锻炼，控制饮食
迎面而来的人发现
已是一枚油腻大叔
油腻大叔只与时间有关

对于这一点
在擦洗阳光不锈窗框时，在刷碗时，他明白
所有的不粘锅、不锈钢
最后都会沾满，生活的锈

7. 住院与失眠

身体有些不适
他一直比较
心病危害大还是肺病危害大
肾病危险大还是肝病危险大
抑或脾胃病危险大
结果是：他必须住院

许多天了，他一直在比较
睡前的悲哀
和清醒时的迷惘
哪个更酸些，哪个更苦些
结果是：从此开始失眠

8. 理发师为难

头发越来越少，而且黑白杂乱
白发还喜欢疯长
但他并不为此焦虑
他只是在理发时，替理发师
感到无所适从

经络存在哪里

当我把《黄帝内经》当成磨刀石时
我天天就把眼睛放在上面磨，磨得飞快
磨成一把砍山刀，磨出一根纤细的毫针

从涌泉穴到百会穴
我以为我在人体这座大峰
砍出了十四条江河
任脉督脉犹如长江黄河
我也试图南水北调，打通任督二脉
三百六十个穴位，如大大小小湖泊水库
我曾用毫针补泻、疏通
一个个堰塞湖
筑坝提防一个个水库渗漏

今天，我再次翻阅《黄帝内经》时
它笑了，高深莫测
它说，幼稚的人哦
十四条经络是十四条暗河
它们不只是流淌在人体里
更是奔流在大海中
只有深潜
才能尝到那是咸水，还是淡水

我感冒了

寒冷乘着风席卷而来
我被射成刺猬
八百里加急，动员大会如火如荼
喷嚏还是中招了
鼻涕也中标了，喉咙也喊痛
身体也不安逸了，忽冷忽热

当病毒自信拥有一支大象纵队时
荆芥防风组成一支叫荆防败毒散的疯牛队
牛角扎刀，牛尾点火
横冲直撞，野蛮对蛮横
冲锋反冲锋，短兵相接

最后，结局与打扫战场
就交给免疫力了

道县中医院

大地深处，有个佳地
登上螺蛳岭，登高望见
来路与万物纠缠
归于集体，归于山林，归于葳蕤
一株樟树
或一颗平常野草的寂寥
在上山路的深处铺满

内心火热，充斥渴望的人
不宜这样登高，应拾级
顺势而下
那登高处，并没有火山口

那火山口
恰好在道县中医医院里
人声鼎沸处

一服药食同康

来到洞庭湖，明月高悬，且亮且冷
李白说，不要把水中明月捞取
就把明月煲汤吧
煲出一碗盛大的药膳，让整座大唐吞吐

一册《黄帝内经》20.9万粒文字
20.9万颗种子，味苦且涩
一粒字如一滴水，滴入小流便为溪，滴入大海便为海
一个字如一个种子，粒粒饱满，蓄满阳光、雨露、汗水

20.9万粒文字偏偏一齐滴下，滴了5000多年了
汇聚了一个生命的海洋
它们曾举起了多少个姹紫嫣红的春天
它们曾见证过多少岁月的春、夏、秋、冬，生死轮回

人间不再荒凉如水
孤独而辛勤的人
你是否也能在草笺上，开着
一服服药食同康的处方
当你有一天离去，是否也能把生命
留在——
你的处方里

中医药研究院的门牌石

藏在深处的石头
人们十分信任它的价值
视如宝石，视如陨石

一块石头若藏在
珠宝店的保险柜
博物馆贮存室，还有文物馆
它一定是很孤独的
由此价值连城

今天，我迎面看到一块石头
立在熙攘的门口
却如陨石一样尊贵
只是因为不大雄伟的石头上雕刻有
“湖南省中医药研究院”

其实，这块石头
我们并不知道珍藏了多少年
仅凭石上刻着的“中医药”
它的珍藏就超过千年
这块并不孤单的石头，由此
有着陨石般的尊贵，有着宝石般的荣光

问问黄帝怎么办

打开《黄帝内经》
一个个文字，如同
一座座山峦
方方正正，迷雾弥漫
或坐落在硕大的江南中
或坐落在广袤的沙漠上
数千年来，秦月唐风与宋雨追逐其中

王冰等人阅读时
敲着一个个文字
如僧侣敲着木鱼
声声落进了浩瀚的典籍

我阅读，却执着地问道
黄帝怎么办
把苦读的日子压成了
一条弯曲的山路，穿行在
一个山头到另一个山头
从山脚爬到山顶
从黄昏问到黎明

国医大师

鹤发童颜
最好还有一撮雪白上翘的山羊胡须
三指按在寸关尺上
那里藏着生老病死

指下，脉搏遮遮掩掩
续续告知密码，迷雾
如风一层层掀开
如山川流淌坦露

阴阳的太平倾斜了
气血之坛在动荡
五脏六腑，生克乘侮
谁陷入了旋涡，谁在沉浮挣扎
又是谁的城门失了火
殃及了谁的池塘
用阴阳虚实表里寒热识破布阵
多则减之，少则益之的孙子兵法来应对
用君臣佐使组织战斗的队伍

他的眼眸里，人世间纯净安好

湖水清澈，山峰倒映
城堡蓝白相映
草原上欢笑流淌
天空之境
还有一只翱翔的雄鹰，迎着风
仿佛看透了命运的掌纹
见到了精气神交替的风痕

我看着你，眼神坦然，声色不动
或许你找到了中医五千年的密码
但我还是揣测着：
生命不简单
人要简单活
才不累，才少伤，才少病

前言·中医药文化弘扬工程

湖南太牛了
你可以陌生世界
却不能陌生湖南
中华民族的始祖炎帝和舜帝
安寝在湖南
中国红太阳升起的地方
也在湖南韶山

梦汉名城“长沙”，南北通衢“株洲”
寰中佳丽“衡阳”，鱼米之乡“岳阳”
黔川咽喉“常德”，黔滇门户“怀化”
锦绣潇湘“郴州”，人间仙境“张家界”
……

无论世界如何改变
是风雨雷电还是暖阳春风
是繁荣或又要握紧长剑
神农在，张仲景在，孙思邈在……
生活在三湘四水历朝历代的人们
底气十足，只管前往
因为医药家们是恒星，即便作古亦千载
他们的光芒依然向人们照射过来

当我们打开《神农本经》时
一股浩然之气扑面而来
那是神农氏用生命换来的三百六十味药物
朴实有验，至今仍用
无数传说记载他采药之地偏偏不在湖南
安仁、炎陵药材的丰裕
不啻传说中的川、鄂、陕交会地带
殊不知，三湘四水却是四千余种药材繁育的集散地

在蔡伦那张宣纸还未诞生时
马王堆出土西汉的十四种帛书
中医药学几十个最早
把中医史前推了几百年
这是中医药长江黄河的源头
然而现代人还在寻找新的“五十二方”

打开《伤寒杂病论》
这是一部中医的奠基之作
此刻，我伏案千年风雨
用张仲景相同的眼神
去解读文字骨架上新披的外衣
打量伤寒与病毒之间的距离

我们凝望苏耽的那口橘井
那橘井无不在凝望天穹
感到苏耽的那颗心跨越时空
望见生命的力量之和

龙山上，我见过孙思邈的洗药池、碾药槽……
孙家桥村，我见过孙氏族谱与祠堂
独不见《大医精诚》
另一篇希波克拉底的誓言
原来这个鸿篇一一雕刻在
湖南二百四十余家中医院的院墙上
成了岐黄传人行为准则
演绎出无数的杏林春暖

俱往矣，高峰何在
一张蔡伦的宣纸
画上了齐白石的画，石破天惊
写上了沈从文的文字，木讷而传神
来吧，让我们在这张上画些什么，写点什么
浓颜重彩地绘画出“六名”
名医、名药、名科、名术、名院与名胜
隆重地画出三湘炎黄传人一砖一瓦修建出新的仲景祠
郑重地画出湖湘神农传人的药王殿
万里风云供吐纳，四时花草著精神
庄严地绘出马王堆医学的又一座珠穆朗玛峰

喂！别忘了点燃一下浏阳的花炮
潜藏着四大发明之一的火药
千百年来积攒的美轮美奂

中医药是希望，是春雨

中医药一定把生命的希望
喂养成一只长有翅膀的鸟
栖息在灵魂里，日夜吟唱没有词的曲
温暖着陷入窘困的人们，牵引着人走出沼泽

中医药，给了生命干渴的大地
以新鲜雷声，以清新的雨水
让生命挺起腰杆，如同植物一样，体面地生根长叶
几千年了，人们已经习惯成自然
直到有人遭遇生命至暗时刻，饱受疾病折磨
想起了中医药，一场雷雨的欣然降临
如同见到久别的亲人

春去春来，年复一年，五千年
那滋润生命的雨点是从天上洒下
是历代岐黄在播种春天
雨点如粒粒种子，撒进生命的土壤

打开汗牛充栋的典籍
一个个文字，如那滴滴雨水
一粒粒凝结着大海般的情怀
而我成了岸边的一块礁石，凝望着大海的浩瀚

如何画出中医药的江山

这江山，绵绵不绝五千年
如长江，东风浩荡，大潮奔涌

这江山，是谁起了笔
《黄帝内经》开先声
开天地人之问，生命之问，中医药理论之问
绘出了中医药源头的“沱沱江”
医祖扁鹊
开创了四诊，脉学
之支流
东汉医圣张机
绘出辨证施治，辨经方的“洞庭湖”
神医华佗
施麻沸，仿五禽，绘出了外科的“鄱阳湖”
唐初药王孙思邈
绘画出了大医精诚医德之“珠穆朗玛峰”
李时珍，从写作到问世四十四年的坚持
成就影响的中国一百部巨著
绘出了中医药的“青藏高原”

多少医药家，有夙兴夜寐之勤
绘出江水奔腾的“岷江”，浩浩荡荡的“雅砻”

多少医药家，有爬坡过坎之难
绘出浊浪滚滚的“赤水”，白浪滔天的“乌江”
多少医药家，顶风雪，冒酷暑
绘出江宽水阔的“沱江”，舟楫如梭的“嘉陵江”
多少医药家，踏泥泞，翻山沟
绘出急流险滩的“赣江”，江河横溢的“湘江”

这江山，好一幅万里巍峨壮丽，风景旖旎多姿
群峰叠嶂，河汉纵横，河水滄滄
是谁在起笔？
望着这滔滔不绝的“长江”
不知是小河有水，大河满
还是大河有水，小河满

健康才是王道

当金钱立身时，尊严碎了一地
当权势立身时，金钱匍匐于地
健康失去了，金钱权势皆浮云
命在，一切才在

高官权贵富豪名人
平民百姓贩夫走卒
生命强大，生命也脆弱
诱人的权势，迷人的金钱
都无法让命运之神屈服
钱再多，买不来命
权再大，换不来命

健康唯一，生命最贵
若有一天倒下了
躺在地下就是永远
健康缺失便是贫
健康失去便是贱
趁生命气息逗留
不欠海风，不欠阳光
别伤害健康，去从容
勘破生死，享受生活

热爱中医

热爱中医
不似爱一个人一般
视之为信仰
终日小心翼翼
生怕这个人成了，有朝一日，从高处坠下的神
落日一点，相思写满天
徒也，悲也

热爱中医
就是用心使用中医
心怀炬火，施之以星光
就是用全爱弘扬之
德之高厚，行之才远
就是时时质疑之，丰满之
让枯树发芽
让中医尽量绽放
或许我们的爱只是一小撮泥土
这才是最彻底的热爱

中医用心学

学好中医，尤需用心
入学的第一天
老师在黑板上，画了一个红红的心，接着说
要恋爱一样与中医去谈爱

一悟，二临床，无须洪荒之力
不用舀干海水捉海马
不用拴住江水捉龟鳖
不必逢山就去攀登寻找铁皮石斛
但一定要独自一人月下
徘徊，苦思深省
学中医，要有双全之术
有理性，也要讲究雪花风月
有情怀，也要过好柴米油盐
人世间，生、老、病、死、怨憎会、爱别离、求不得
中医件件要呵护

莫道中医太虚空，中医之术合天道
化繁为简，道法自然，一部《黄帝内经》肇中医之光
上下穿越五千年，专治种种不服
理法方药，悉守
整体与辨证、阴阳与五行

后记：一盏灯亮着豆粒的光

一个人一天，一本《诗刊》孤寂地放在桌几上，仿佛是一个陌生女孩撞开房门，自顾自地坐着。我很疑惑，恰巧电视中的夸张广告把我的视线拉到那本封面朴素的《诗刊》上，突然喜欢上这个“失明声哑却爱笑的漂亮女孩”。这之前我是不愿读诗的，可能是因为看不懂，或者是读了一些很矫情的诗作。

读着读着，浅浅地品味着那跳跃的朦胧。读着读着，一种缠绵悱恻的感觉油然而生，月白之夜，一只清幽的竹笛曲仿佛在耳畔响起。

日后读着一些诗，仿佛迎面吹来一场梵音，又如一场来自圣山的风，隔着热空气，吹入肺腑。梵音、风声如同天籁，柔和得让人安逸舒服，我也知道它们的本质是空灵缥缈。但能感觉梵音与圣山的风却始终在抚摸我的面颊。

日后读着一些诗，如同饮美酒，淡淡的香，悠悠的甜，隐隐的苦，令我清醒也陶醉。

诗给我的，是真，是纯，是美，是温润的柔柔的情，如美酒般的滋味。在我破碎昏暗的生命中，第一次出现了期待和光，给疮痍瞒目的时光涂上了一层暖色，时间也成了麻药。

生活老套。生活平淡如白开水，有一勺盐多好；生活一地鸡毛，有一桶清水是件幸运的事。

真正的人生如白驹过隙，总去得灿烂凶猛，浮生长恨时光如驰。然而庸常的日子里却是，薄的灵魂，轻如月光之白；厚的夜晚，浓如玄铁之冷。人就那么老了，满脸斑纹，一副被生活蹂躏的模样。并且，一路走来，不留任何标志，也不能让任何事物跟来。永恒的虚无及时地压碎一切生命，没有任何声息。

但是一个人总是要出发的，不管是向着天空，还是荒漠。即使不去考虑一尺之外事情的发生，生活的辣手依然能发现藏头却露尾的鸵鸟。

一只穿山甲，甲壳坚硬，爪瓜锋利，仿佛可以横行霸道，天下无敌。结果，猎人们见了穿山甲，不慌不忙，抓一把沙土，往天上一撒，就惊得穿山甲马上缩成一团，一层铠甲坚硬地紧紧护着柔软的胸腹，猎人笑了笑，很轻松拾起来，塞进包裹里。以致穿山甲成了濒危。人间并不虚无，有着无穷尽的风雨冰雹，我们一无所有，用什么做我们的壳？我学着穿山甲，以孤独为铠甲，藏身一隅，钻进黑夜，拒人千里。以为能逃避生活猎人的捉拿，不知不觉，这一生也就这样过来了。现在思来，诗就是铠甲与利爪，不动声色护着我，祐着自己。确切地说，诗犹如茶一样，一分钟的解渴，两个小时的休闲，半生的禅定，一辈子的健康。

生存不易，生活冷酷不容许有过多感情，需要会计般的精打细算，需要许多技巧。人世间，每个人是有定位的，三六九等明晃晃地候着；愿意还是不愿意，都得其位，否则不得其所。财富，百万算多？千万算少？亿万也可，有些模糊，事过境迁，标准不太一致。而我又在何列何位？常弄得自己叹息无奈，感慨良多！一不小心就陷入满大街的心浮气躁，满大街的醉生梦死……我等小民却不屑，真是小姐身子丫鬟命。但愿我是人间一缕风，无足轻重，也有稍自由；但愿我是人间一蕞尔小鸟，啁啾复啁啾，不用去计算飞多远，飞多高，只求飞翔自由。有了诗，若为人间一根草，也是一桩幸事，诗让小草心怀一个春天，立志给人一个春天。其实，四季轮回时，万物只是太阳追随者，牺牲者，表演者。但小草不愿藉藉无声，一点儿表示也没有。

人的一生，总会遇到令你神魂颠倒的爱情，你爱他，爱到天昏地暗、海枯石烂，情到深处格外浓，浓到唯他不嫁，两颗心炙手可热。这个尘世间需要博爱，男欢女爱太狭窄了。博爱，不顾一切地热爱这个塞斥着遗憾的世界，赞美这个让自己伤痕累累的世界；博爱能凑足春天，把生命捂热。唯有博爱才能万物生长，否则这个星球只是一堆沙石、狂风、寂寞……就是没有生命。生活苦涩，毕竟养人；生命哀伤，坟头花草里藏着鸟雀啁啾；没有一场雨能扶正灯光，没有一盏灯光能扶正光明，所以，世界斑斓，人间光怪陆离，但都值得热爱，如同怜惜着自己苍老的心一样，怜爱着盈满浑浊泪光的眼睛。

荒芜不需要理由，而美永远是节制的，哪怕爱无回报，这样的岁月不会失去，爱了，今天比昨天广袤，人世间更辽阔。诗便是一种爱，那些浸满爱意的文字不也很温暖吗？！诗有时真的能让你抓一把闪电，让你有瞬间的自由，看一看眼前瞬间的世界。

动物是人类的朋友，人与动物共生存。

动物是美的，动物的表情是生动的，也是真实的。每类动物都有其自己的神态，它们的美就表现在它们的貌色声态之中。骏马神态是昂扬奔放，呈现张力之美；老牛神态是踏实本分，呈现憨厚之美；苍鹰神态是迎风展翅，呈现勇敢之美；鸽子神态是安静婷美，呈现和平之美；和人最亲近的小猫小狗憨态可掬，惹人疼爱，呈现的是安然之美。

然而，人们把一些动物躯体或者动物的器官炮制，制成中药饮片。尽管有别样的美，而这些美丽的动物不得不牺牲，丢失了形态之美，心灵之美又有何美？据考证，可用于药物的动物2400余种，常用动物药有700余种，本计划诗述100余种动物，但望着这些精灵，实在不忍写下去，仅写了30余种动物，只好匆匆搁笔。

我越来越习惯有诗的日子，安身立命于诗，典当我残破的时光，典当我的故乡，典当月下的苍白，还有窗外灯红酒绿……一圈又一圈。

这轻飘飘的人生，虽然装着诗的人依然压不住风，但轻飘飘的世界里有了少许庄严。诗用瘦弱单薄的身躯为我挡出了一道窄小的晴，我乐意匍匐于此。诗也可以让灵魂与肉身分开旅行。灵魂跳舞的长夜，能伴有诗的星光高光；肉身疲倦，如果走在瘦弱的人生小路上，诗如前方的一盏灯。

诗里，我可以大胆裸露自己的丑陋，相信诗如一瓢水，能清洗身上的疤痕、暗疮，和经年的梦呓。

风来了，冷来了，点燃诗吧，是谁的诗，不重要了，但都可取暖。